国家古籍整理出版专项经费资助项目

章培恒 安平秋 马樟根 主编

袁枚集

李灵年 李泽平 导读

倪其心 审阅

中华文史名著精选精译精注
· 全民阅读版

凤凰出版社

图书在版编目（CIP）数据

袁枚集 / 李灵年，李泽平导读. -- 南京 : 凤凰出版社, 2020.8
（中华文史名著精选精译精注 : 全民阅读版 / 章培恒，安平秋，马樟根主编）
ISBN 978-7-5506-3175-5

Ⅰ. ①袁… Ⅱ. ①李… ②李… Ⅲ. ①古典诗歌－诗集－中国－清代②古典散文－散文集－中国－清代 Ⅳ. ①I214.92

中国版本图书馆CIP数据核字(2020)第063016号

书　　　名	袁枚集
导　　　读	李灵年　李泽平
责 任 编 辑	郭馨馨
书 籍 设 计	徐　慧
出 版 发 行	凤凰出版社(原江苏古籍出版社)
	发行部电话 025-83223462
出版社地址	南京市中央路 165 号,邮编:210009
出版社网址	http://www.fhcbs.com
照　　　排	凤凰零距离数字印前中心
印　　　刷	苏州市越洋印刷有限公司
	苏州市吴中区南官渡路20号　邮编:215104
开　　　本	880毫米×1230毫米　1/32
印　　　张	8.25
字　　　数	170千字
版　　　次	2020年8月第1版　2020年8月第1次印刷
标 准 书 号	ISBN 978-7-5506-3175-5
定　　　价	42.00元
	（本书凡印装错误可向承印厂调换,电话:0512-68180638）

丛书编委会

顾问

周林　邓广铭　白寿彝

主编

章培恒　安平秋　马樟根

编委

马樟根　平慧善　安平秋　刘烈茂
许嘉璐　李国祥　金开诚　周勋初
宗福邦　段文桂　董治安　倪其心
黄永年　章培恒　曾枣庄
（以上为常务编委）

王达津　吕绍纲　刘仁清　刘乾先
李运益　杨金鼎　曹亦冰　常绍温
裴汝诚
（以上为编委）

目 录

导读 …………………………………………… 1

诗歌 ………………………………………… 1

临安怀古 ……………………………………… 3
谢太傅祠 ……………………………………… 5
同金十一沛恩游栖霞寺望桂林诸山 ………… 7
荆卿里 ………………………………………… 12
明妃曲 ………………………………………… 14
抵金陵(二首) ………………………………… 17
淮上中秋对月 ………………………………… 20
府中趋 ………………………………………… 22
捕蝗歌 ………………………………………… 26
答曾南村论诗 ………………………………… 32
春日郊行 ……………………………………… 34
随园杂兴(选二) ……………………………… 36
江中看月作 …………………………………… 39

寄鱼门	41
水西亭夜坐	42
马嵬(选一)	45
厄言(选一)	47
温泉	50
咏钱(选一)	51
题柳如是画像	53
二月	58
子才子歌示庄念农	59
夜过瓜洲	67
自嘲	68
舟近钱塘望西湖山色因感旧游	70
闻香庭宰正阳再以诗寄	72
刀	76
步山下作	78
同梅岑送似村渡江同宿浦口别后却寄	79
苔	82
晚菊和蔗泉观察韵(选一)	83
箴作诗者	85
偶触	87
梅	88
湖上杂诗(选三)	90

到石梁观瀑布	92
山行杂咏（选二）	96
看山有得作诗示霞裳	98
浙东野庙甚多赛会甚盛戏题一绝	101
端阳阻雨文殊院云来遮门一无所见午后小晴步至立雪台望前后海诸山	103
悼松	106
哭黄仲则	110
品画	112
谒张曲江祠	113
留别杭州故人（选二）	115
遣兴（选二）	118
放言三首（选一）	120
歌者天然官索诗（选一）	121
再示儿	122
俗吏篇	124
柳下惠墓	129
骊山	130

散文 135

俭戒	137
书鲁亮侪	140

赠黄生序	148
随园记	153
随园后记	158
戊子中秋记游	163
祭妹文	168
答陶观察问乞病书	176
答沈大宗伯论诗书	183
牡丹说	191
清说	195
黄生借书说	203
浙西三瀑布记	207
游黄山记	212
峡江寺飞泉亭记	219
游武夷山记	223
徐君星标墓志铭	228
帆山子传	232
复江苏臬使钱玙沙先生	238
再答黄生	244

导读

袁枚(1716—1798),字子才,号简斋,或作存斋,祖籍浙江慈溪,后迁居杭州。中年隐居江宁(今南京)小仓山的随园,自号仓山居士、随园老人,是清代中叶著名的文学家和诗人。他少年得志,中年退隐,久居金陵,交游广泛,活跃文坛,足迹遍及祖国的名山大川。他心胸坦荡,风流倜傥,嗜谈善思,直言好论,却不喜欢琴棋书画,是一个很有个性的独特人物。

袁枚的祖上曾做过高官,到祖父辈便没落了。祖父袁锜、父亲袁滨和叔父袁鸿,都为生计所迫,终年游幕四方,家境相当贫寒,有时尚须靠母亲针黹维持温饱。他在《秋夜杂诗》中回忆说:"吾少也贫贱,所志在梨枣。阿母鬻衩裙,市之得半饱。敲门闻索负,啼呼藏匿早。……"在《孙秀姑墓》诗中,他叙述了姑母秀姑被豪绅凌辱而自尽的惨剧,足见袁家当时势单力薄的处境。

袁枚是一个有志气的少年,他天资聪颖,七岁入塾就读,九岁学作诗文,十二岁就考取了秀才,不久又补为增广生和廪生。二十一岁时他去广西探视叔父袁鸿,广西巡抚金鉷命他作《铜鼓赋》,他一挥而就,金鉷大为赞赏,推荐他应博学鸿词科考试。当时全国应试的二百多人,袁枚是最年轻的一个。过了两年,即在他二十三岁时,中顺天乡试举人;第二年又以第五名的优异成绩为二甲进士,即入翰林,不久改庶吉士。这时的袁枚,为诗作文,不避忌讳,有点忘乎所以,实际上已经潜伏着失败的危机。三年散馆考试,他的满文考在下等,于是改官外调,去江南任溧水县令,成为他一生的重要转折点。这时他才二十七岁。此后担任过江浦、沭阳和江宁的县令。三十四岁时于江宁任上辞官家居。三十七岁时曾一度起官,到陕西任知县,然而不满一年即因丧父服孝而离任。从此不再做官,隐居江宁小仓山,以诗文、游历和授徒终志。

  以三十七岁为界,袁枚的一生可分为前后两个时期。前期因初入仕途,英气勃发,很有政治抱负,一心想在官场中有所作为。尽管改官江南使他受到打击,有从天上落到地上的感慨,所谓"手折芙蓉下人世,不知人世竟何如"(《改官白下留别诸同年》),但在县令任上他却勤政不苟,竭尽全力施展他的政治才能。每到一地,都有显著的政绩。因他年轻初仕,他父亲很不放心,曾微服入境察访,一路听到百姓的颂扬声,心中大喜(见《闻香亭宰正阳再以诗寄》)。他治理县政积累了一整套经验,曾作《州县心书》,专述做州县官的方略。他的门生王礼圻向他询问如何当好县官,袁枚复信详作回答,由此可见他为政的用心。然而,他的努力并没有得到统治者的赏识。在江宁任上,他的知交两江总督尹继善曾上表朝廷荐举他担任秦邮州牧,但未获批准。对于仕与不仕,袁枚早就有过激烈的思想斗争,这次挫折,使他从迷梦中清醒过来,增添了他对腐败官场的厌恶,终于在失望中坚定了弃官的决心。

在这一时期内,袁枚留下了一系列关心民生疾苦的诗歌,也写了不少记述官场生活的作品,如《捕蝗歌》《府中趋》《俗吏篇》等等,有的为任内的治绩而自豪,有的却反映了对腐败吏治的厌恶。

从三十七岁弃官直到八十二岁逝世,是袁枚生平的第二个时期。在这长达四十五年的家居生活中,其主要活动是读书、游览、作诗和教授弟子。他平生甚少嗜好,不饮酒,不赌钱,不爱听曲,不信风水,不求神佛,唯独酷爱读书,乐于旅游。"岁月花与竹,精神文与诗"(《秋夜杂诗》),是他生活旨趣的写照。他住在随园,也常去苏州、杭州等地访亲问友,与四方名流诗歌唱和。晚年得子后,他游兴更浓,从六十七岁开始,遍游天台、雁荡、黄山、匡庐、罗浮、桂林、南岳、潇湘、洞庭、武夷、丹霞、四明、雪窦等诸般胜景,有的地方去过数次,直到八十高龄仍不肯息步,可谓是一个读万卷书、行万里路的作家。在此期间,袁枚写了大量的山水游记和诗歌,歌颂了大自然的瑰奇和壮丽,如《到石梁观瀑布》《游黄山记》等,都是游记文学的不朽之作。"诗多幸赖辞官早,累少全亏得子迟"(《八十自寿》),早年官场的失意,却使他能有充裕的光阴去吟诗作文,在文坛上取得巨大成功。不过,作为一个有卓越政治才干的人,却于风华正茂之年悄然引退,其心灵的创伤却也难以愈合。多年以后,当他作为一位诗人而名满天下时,仍然无限感慨地唱道:"自笑匡时好才调,被天强派作诗人。"(《自嘲》)

袁枚生性散淡,坦荡率直,不随时俯仰,敢说敢做,所谓"理足口即言,往往翻前案"(《七十生日作》)。他的自得之见、过人之识,往往惊世骇俗,其中不乏精辟深邃的见解。

袁枚生活的康熙、雍正、乾隆三朝,以程、朱的"性理"之学治天下,文网高张,统治綦严,因此在思想上,袁枚自然不可能公然高举旗帜,自立派别。但他却能以自己的生活方式和独特的识见来抗衡宋儒。明代的思想家曾以"好货好色"来反对程、朱理学,袁枚承袭这一精神,公开宣称"人欲当处,即是天理"(《再答彭尺木进士书》);袁枚说:"性不可见,于情而见之。""善复性者,不于空冥处治性,而于发见处求情","情何累性之有?"(《书〈复性书〉后》)他反对虚伪矫饰,追求真性情,学生说他"语必惊人总近情"(《答刘澄斋》),是十分中肯的评语。在男女为大防的时代,他不理会世俗偏见,广泛招收女弟子,有姓名可考者不下五十余人,以致被章学诚斥为"非圣无法"、"倾邪淫荡"。而这恰可见出袁枚的独立思考,平心察理,不随时步趋,不拘于礼法。他的思想并没有形成一个完整的体系,但是真知灼见,时时闪光,精华所在,弥足珍贵。

袁枚是文学理论家。他的《随园诗话》对诗歌创作、评论与鉴赏诸方面进行了全面而又深入的阐发,在我国古代文论史上占有一席之位。袁枚的时代,正统诗坛上呈现复兴景象,流派纷起,各立门户,其中影响较大的诗派有王士禛的"神韵说",沈德潜的"格调说",翁方纲的"肌理说",等等。这些诗派的理论观点,实质上都是继承唐宋以来的传统诗论,有的流于空泛,有的拘守风雅,有的竟以义理考据入诗。袁枚则自树一帜,倡导"性灵说",与时风对抗。所谓"性灵",就是作诗要本乎真性情,抒发诗人的真情实感,同时要重视灵机,或者叫灵感,即要求诗人要有灵敏的审美感受和巧妙的想象构思,创作出诗味新鲜、诗趣真切自然的作品,反对那种因袭模拟、缺乏生气和个性的诗风。他特别推崇南宋杨万里"以时不以形"和明代以袁宏道为代表的"独抒性灵,不拘格套"的主张,并加以发展,从而提出一套相当完整的诗歌理论体系。特别是在如何继承与创新的问题上,他的阐述全面而透辟。他说"诗有工拙,而无今古"(《答沈大宗伯论诗书》),又说"平居有古人,学问方深;落笔无古人,精神方出"(《随园诗话》卷十)。对于古代文化遗产和文化传统,既注意充分学习吸收,又不为所囿。

袁枚的文学成就主要体现在诗歌、散文方面。其散文创作似乎更显示出他自觉地继承优秀文化传统的特点。其叙事、议论性文章受到《史记》《汉书》以及秦汉议论文等历代优秀散文的影响极为明显,叙事简括而不枝蔓,议论往往反复论辩而透彻明达。他的一些碑传文就很好地体现了这种特色。游记、山水小品等文章,虽也明显受到唐宋以来诸大家的影响,但却更显示出袁枚的个性特色,往往从内容到形式都力避俗套,打破固定程式,其自由收纵的笔力,清新活泼,舒畅痛快。袁枚自称其著述"颇树一帜新",是符合其作品实际的。当然,他的文集中也有大量的应酬文字,他自己也就此承认不能免俗。

袁枚现存诗作约七千首,数量相当可观。清人陈廷焯曾评论说:

> 小仓山房诗,诗中异端也,稍有识者无不吐弃之,然亦实有可鄙之道,不得谓鄙之者之过。假令简斋当日删尽芜词,仅存其精者百余首

(多存近体,少存古体,不必存绝句,极多以百余首为止,更不可再多),传至今日,正勿谓不逮阮亭、竹垞诸公也。(《白雨斋词话》卷十)

这种评价显然是过苛了。袁枚对自己的诗作却相当自信,也颇为自负,他说:"仆诗兼众体,而下笔标新,似可代雄。"(《答程鱼门》)事实上他的诗歌不仅多产,而且有相当高的成就,不论古体还是近体,都有不少佳作,尤其是那些能够体现其抒发性灵主张的作品,更使人喜爱。

袁枚的诗歌约略可分为典雅和平易两类。那些典雅作品往往大量用典,在写景摹状中表现出丰富的想象力,洋溢浪漫的激情,同时也体现了他的渊博学识和对古代文化传统的承袭。而其平易风格的诗作则基本不用典实,纯用白描手法,清新洒脱,浅明如话,虽是直接受到乐府诗及杜甫、白居易、杨万里等现实主义诗人的巨大影响,但在句式、用词上却更反映出其自由创格、不受拘束的个性色彩,代表了他诗歌创作的最高成就。他的优秀之作多具有一种人生哲理情趣,意真味鲜,给人以生活经验的回味和美的感受。不过,尽管在理论上他极力反对率意为诗,但在实践中却有不少诗歌写得轻率甚至显得浮滑,反映了他创作理论和实践之间的差距。

袁枚对当时的文坛影响很大,出现了"随园弟子半天下,提笔人人讲性情"(韩廷秀《题刘霞裳两粤诗草》)的热闹局面。他与蒋士铨、赵翼并称"江左三大家",主盟诗坛五十年,人们以亲与交游或得到其著作为荣。清人恽敬在《孙九成墓志铭》中说:"子才以巧丽宏诞之词动天下,贵游及豪富少年,乐其无俭,靡然从之。其时老师宿儒,与为往复,而才辩悬绝,皆为所摧败,不能出气且数十年。"袁枚也非常自信,他在《遣兴》诗中说:"古来真才人,俎豆非儿女。诸公莫相关,我自有千古。"总的来看,他生前诗名甚高,享尽荣耀,而人逝道亡,死后对他的讥评渐盛,连他的门生故旧也纷纷反戈攻讦,不留余地。但在贬抑中往往将其人品、思想、作风和他的创作混为一谈,有的甚至因他招收女徒的所谓伤风败俗就连他的创作也一股脑儿予以否定。近代学者章太炎先生甚至讥讽他不识字、不懂学问。平心而论,如果撇开其他个人因素,单就袁枚的诗歌理论和创作成就来衡量,他应该进入古代优秀诗人的行列。朱自清先生在《诗言志辨》中称袁枚为"诗坛革命家",实非过誉。钱锺书先生在《谈艺录》中曾指出,袁枚的诗歌理论"不仅为当时之药石,亦足资后世之攻错",允称中肯之说。

袁枚著述宏富,有《小仓山房文集》三十五卷,《外集》八卷,《小仓山房诗集》三十七卷,《补遗》二卷,《小仓山房尺牍》十卷,《随园诗话》十六卷,《补遗》十卷,《子不语》二十四卷,《续子不语》十卷等。我们从其诗文集中选录诗五十二首、文二十篇。选篇注意思想性与艺术性的统一,并尽量照顾到不同体裁和不同风格的作品。当然,受选译者水平的限制,取舍不当之处恐怕也难避免。至于说明欠精要,译文欠妥贴,注释有错误,种种可能的疏失,希望读者不吝批评指正。

我校顾复生教授审阅了诗歌部分的全部稿件,增益甚多,谨此致谢。

李灵年(南京师范大学古籍所)
李泽平(江苏少年儿童出版社)

诗歌

临安怀古

临安即今浙江省杭州市,是袁枚的故乡。这首诗赞美吴越王钱镠在杭州创业,称他能上追当年越王勾践十年生聚、十年教训,终于灭吴的赫赫功业,死后十分荣耀;感慨南宋不仅不能创业,而且连守成都不能够,表现了作者由反省历史而起的沉痛心情。

曾把江潮当敌攻, 三千强弩水声中①。
霸才越国追勾践②,家法河西仿窦融③。
宰树重重封锦绣④,宫花缓缓送春风⑤。
谁知苦创东周局, 留与平王避犬戎⑥。

① "曾把"两句:五代十国时吴越王钱镠筑海塘,屡为潮水所毁,于是命令三千犀甲军用强弩放箭射住潮头。弩:用机械发射的弓。 ② 勾践:春秋时越国国王。越国为吴王夫差所灭,他率领臣民发愤图强,十年后终于灭掉了吴国,称霸一方。 ③ 窦融:东汉初人,字周公。累世仕宦河西(今河西走廊一带),功勋卓著,但谨于自守,十分谦恭。此句指吴越王钱镠效法窦融的谦恭,韬晦不露。 ④ 宰树:坟上之树。 ⑤ 宫花:宋苏轼有《陌上花三首》原注曰:"父老云:

吴越王妃每岁春必归临安,王以书遗妃曰:'陌上花开,可缓缓归矣。'吴人用其语为歌,含思宛转,听之凄然。"此二句指钱镠死后的荣耀。　⑥平王避犬戎:周代幽王被西北异族犬戎所杀,其子平王为避犬戎之势,东迁都城到洛邑,号东周。此两句影射南宋的迁都杭州,丢弃了前代的功业。

翻译

当年钱镠曾把江潮当敌攻,
三千强弓硬弩射住怒涛涌。
称雄逞霸上追越国的勾践,
功劳虽高却学那谦恭的窦融。
身后荣耀墓树重重披锦绣,
陌上花开王妃缓缓送春风。
谁料前人艰苦创下帝王大业,
后代却一味退让听任外族称雄。

谢太傅祠①

这首诗作于乾隆元年(1736)诗人赴广西看望叔父袁鸿的途中。诗中回顾咏叹东晋谢安当年的行迹。谢安曾建树过辉煌的业绩,但在当时的偏安局面下,显得无能为力,只能放浪形骸,消磨余生。如今时过境迁,庙祠荒废,只留下历史的记载和古老的传说,不禁引起诗人的满腹惆怅。

① 谢太傅:东晋名臣谢安,字安石,曾任尚书仆射、征讨大都督等,又曾拜太保,死后赠太傅。

一笑翩然载酒行①,东山女妓亦苍生②。
能支江左偏安局③,难遣中年以后情④。
花下残棋儿破敌⑤,灯前老泪客弹筝⑥。
荒祠隔叶黄鹂语, 犹似当初丝竹声。

---

① "一笑"句:谢安每逢游赏,必然载酒携带歌妓,丝竹娱情。翩然:轻快的样子。　② 东山:山名。据《清一统志》,名东山者有三处,一在今浙江杭州,一在今江苏南京,一在今浙江绍兴上虞区,都因谢安曾盘桓游憩而得名。苍生:《晋书·谢安传》载:谢安屡辞官不就,隐

居东山;时人谓:"安石不肯出,如苍山何?"对他的出仕安民寄予莫大期望。 ③江左:长江下游以东地区,今江苏省一带。古人以东为左,以西为右,故江东称江左。偏安局:指东晋的偏安局面。 ④中年以后情:《世说新语·言语》载,谢安对王羲之说:"中年伤于哀乐,与亲友别,辄作数日恶。"王说:"年在桑榆,自然至此,正赖丝竹陶写。" ⑤"花下"句:《世说新语·雅量》载,谢安和人下围棋,得侄子谢玄淮上寄来的破敌捷报后不动声色,继续下棋。客人问淮上消息,他才平静地说:"孩子们大败了敌军。"丝毫未露欣喜之色。 ⑥"灯前"句:《晋书·桓伊传》载,谢安因功高权重,被朝廷猜忌。一次宫廷宴会上,他听到桓伊弹筝歌唱:"为君既不易,为臣良独难。忠信事不显,乃有见疑患。……"触动愁绪,泪下潸然。

翻译

一笑成了隐士载酒出行,
连东山妓女也已算作黎民。
能够支撑东晋偏安局面,
却难排遣中年以后伤情。
花下残棋,从容听儿破敌,
灯前老泪,感怀因客弹筝。
荒祠树荫中传来黄鹂鸣叫,
还似当年丝竹歌吹声声。

一 同金十一沛恩游栖霞寺望桂林诸山

乾隆元年(1736),二十一岁的袁枚去广西探视叔父袁鸿,在桂林稽留了数月,这首诗就是桂林之行时留下的。南国的奇异山水令诗人陶醉,他以灵活自如的浪漫笔法,用一连串的比喻,将桂林诸山作了生动形象的描述,表现了极为丰富的想象力,充满了浪漫情调。这次出游,实际上是作者在探索自己的前途,面对奇山怪石,他想到自己仍是个秀才,离家万里,前途未知,油然生出一缕愁绪。触景而情生,作者用诗歌作了心灵的写照。金十一沛恩即金沛恩,大排行第十一。栖霞寺在今桂林市七星岩下。

奇山不入中原界,走入穷边才逞怪①。 桂林天小青山大,山山都立青天外。 我来六月游栖霞,天风拂面吹霜花。 一轮白日忽不见,高空都被芙蓉遮②。 山腰有洞五里许③,秉火直入冲乌鸦④。 怪石成形千百种,见人欲动争谽谺⑤。 万古不知风雨色,一群仙鼠依为家⑥。 出穴登高望众山,茫茫云海坠眼前。 疑是盘古死后不肯化⑦,

头目手足骨节相钩连。又疑女娲氏⑧,一日七十有二变,青红隐现随云烟。蚩尤喷妖雾⑨,尸罗袒右肩⑩,猛士植竿发⑪,鬼母戏青莲⑫。我知混沌以前乾坤毁⑬,水沙激荡风轮颠⑭。山川人物熔在一炉内,精灵腾踔有万千,彼此游戏相爱怜。忽然刚风一吹化为石⑮,清气既散浊气坚。至今欲活不得,欲去不能,只得奇形诡状蹲人间。不然造化纵有千手眼,亦难一一施雕镌⑯。而况唐突真宰岂无罪⑰?何以耿耿群飞欲刺天!金台公子酌我酒⑱,听我狂言呼否否。更指奇峰印证之,出入白云乱招手。几阵南风吹落日,骑马同归醉兀兀⑲。我本天涯万里人,愁心忽挂西斜月。

---

① 穷边:边荒之地,此指广西。　② 芙蓉:莲花,这里喻山峰。
③ 山腰有洞:指七星岩中的栖霞洞。　④ 秉(bǐng)火:拿着火把。
⑤ 谽谺(hān xiā):山谷空阔,这里形容怪石像张开巨口一样。
⑥ 仙鼠:蝙蝠。扬雄《方言》记载关东称蝙蝠为"仙鼠"。　⑦ 盘古:古代神话中开辟天地的人物。传说他死后四肢、五官、血液等均化为山川、河流、风云、田地等。以下数句均比喻山谷的奇形怪状。
⑧ 女娲(wā)氏:神话中蛇身人首的神。传说曾炼五彩石补天,一天有七十二种变化。　⑨ 蚩尤:传说中上古时代的部落首领,曾与黄

帝战于涿鹿之野,作大雾,黄帝用指南车破之。 ⑩ 尸罗:即尸罗阿迭多,为印度戒日王。此泛指神像。袒:裸露。 ⑪ 猛士植竿发:传说古代力士夏育、乌获,斗兽时头发像竹竿一样竖立,见张衡《西京赋》。 ⑫ 鬼母:南朝梁任昉《述异记》称南海小虞山中有鬼母,产天地鬼,一产十鬼。早上产,晚上食之。青莲:青色的莲花。一说即优钵罗花。 ⑬ 混沌:传说中天地未开辟前的状态。 ⑭ "水沙"句:意为地的深处都被翻腾上来。《楼炭经》称地深九亿万里,第六层是风轮。 ⑮ 刚风:也作罡风,道家语,指天空极高处的风。 ⑯ 雕镌(juān):雕刻。 ⑰ 唐突:冒犯。真宰:指天,古人以为天为万物主宰。 ⑱ 金台公子:贵公子,指金沛恩。 ⑲ 兀兀(wù):昏昏沉沉的样子。

翻译

奇妙的山峰不肯留在中原地界,
来到边荒之地才显出千姿百态。
看桂林天空甚小青山却是如此大,
座座山峰巍然耸立青天外。
六月里我来游栖霞,
天风扑面吹来满天白霜花。
一轮太阳忽然隐去看不见,
莲花般的高高山峰遮没了它。
半山有洞长约五里许,

手握火把进洞惊走洞中鸦。
山石奇形怪状足有千百种，
块块欲动像张开巨口把人吓。
从古至今洞中不知风雨色，
唯有群群蝙蝠把这当作家。
出洞登高俯看重重叠叠的群山，
只见茫茫云海犹如坠落在眼前。
莫非盘古死后身未化，
四肢百骸化作群山相钩连？
或是那女娲一天七十又二变，
青青红红变幻无定随云烟？
蚩尤喷出妖雾，神像袒露右肩；
勇士倒竖头发，鬼母戏弄青莲。
遥想定是那混沌未开前天地均被毁，
只有风沙鼓荡大地在颤颠。
山川人物都被熔在一座洪炉里，
万千精灵蹦蹦跳跳，
一起游戏耍笑相互多爱怜。
忽然天风吹过一起化为石，
清气散去浊气变成这硬坚。
如今它们想活不能活，想去不能去，
只好留下奇形怪状在人间。

不然造物主纵有菩萨千手眼，

也难一个一个来雕镌。

何况冒犯老天难道没有罪？

为何个个直耸跃跃欲飞像要刺破天！

金台公子为我斟满酒，

听我口吐狂言连说"否否否"。

我指点奇山异峰再加以证明，

看那山在白云中出入上下不就如胡乱招着手？

几阵南风吹得太阳落，

骑马同归大醉未醒身歪斜。

我本是流落天涯万里之外人，

一片愁心忽然挂上西天边的皎皎月。

同金十一沛恩游栖霞寺望桂林诸山

荆卿里

荆卿即战国末的刺客荆轲。乾隆元年(1736),作者为广西巡抚金铁所推荐,进京应博学鸿词试,在途经荆轲故里、今河北省易县时,写下了这首诗,咏叹荆轲刺秦的悲壮事迹,从中可以体会到作者对统治者施行暴政的抨击。

水边歌罢酒千行①,生戴吾头入虎狼②。
力尽自堪酬太子③,魂归何忍见田光④。
英雄祖饯当年泪⑤,过客衣冠此日霜⑥。
匕首无灵公莫恨⑦,乱山终古刺咸阳⑧。

①"水边"句:燕太子丹等在易水边为荆轲饯行,荆轲慷慨而歌:"风萧萧兮易水寒,壮士一去兮不复还。"酒千行:送行的人们举酒告别。 ②生戴吾头:指荆轲抱着决死之心入秦。戴:带着。虎狼:虎狼之国,指秦国。 ③太子:燕太子丹。堪:能够。 ④田光:燕国义士,他向燕太子丹推荐荆轲行刺秦王,临行前,又自杀以示不泄露谋刺的机密。 ⑤祖饯:饯行。祖:出行前祭祀路神。 ⑥"过客衣冠"句:荆轲入秦行刺时,燕太子丹设宴饯行,众人都穿白衣戴白帽

以送之。霜也是白色。 ⑦"匕首无灵"句:荆轲刺秦王时,秦王逃走;荆轲用匕首相掷,未中。 ⑧咸阳:秦国的都城。终古:自古以来,一直。

翻译

易水边壮歌唱罢众人举离觞,
一腔热血孤身入秦向虎狼。
力气用尽固然可以报答太子的重恩,
谋刺未成魂归怎么对得起田光?
似见当年饯别时英雄的悲泪,
如今过客衣冠还凝上一片清霜。
匕首无灵荆轲你莫要抱憾,
看乱山如剑万古都直刺咸阳!

明妃曲

这首诗描写王昭君的出塞远嫁,赞美她为换取国家的安宁、保全国家利益而不顾自身的精神。明妃即汉代的王嫱,字昭君。晋人因避司马昭讳改称明君,后人因而又称明妃。她为了平息汉族与匈奴之间的战争,远嫁匈奴单于呼韩邪。

明驼一群角数声①,汉家宫女昭君行。六宫送别泪如雨②,怨入民间小儿女。昭君上马鞍,手取琵琶弹。生来绝色原难画③,影落黄河自爱看。诏书殷勤选容质④,传到龙庭转幽咽⑤。侍女浓熏甲帐香⑥,倾城远扫天山雪⑦。横波满脸向名王⑧。手拂穹庐作洞房⑨。生长内家风味惯⑩,酒酣时作汉宫妆。从今甥舅息干戈⑪,塞上呼韩日请和⑫。寄言侍寝昭阳者⑬,同报君恩若个多⑭?

---

① 明驼:骆驼。角:古代西北少数民族乐器,多用作军号,称号角。
② 六宫:古代皇后的寝宫,为正寝一、燕寝五。后泛指皇后妃嫔住的

宫室。　③"生来"句：据史籍载，汉元帝下诏征民女入宫，画家毛延寿因索贿未成，故意将王昭君图像画丑，致使她入宫后一直失宠。　④容质：容貌与体质。　⑤龙庭：匈奴的王庭。庭，同"廷"。　⑥甲帐：《汉武故事》载：武帝"以琉璃、珠玉、明月、夜光，错杂天下珍宝为甲帐，其次为乙帐"。此泛指华美的衾帐。　⑦倾城：指美貌。《汉书·外戚传》："北方有佳人，绝世而独立。一顾倾人城，再顾倾人国。"这里形容昭君美貌倾动匈奴。　⑧横波：眼神如水波流动，形容女性之美。名王：匈奴诸王中，有大名封土广者。　⑨穹庐：北方少数民族所居住的毡帐，俗称蒙古包。　⑩内家：皇宫。封建时代皇宫称大内，所以也称宫内为内家。　⑪甥舅：指岳婿。王嫱以公主名义嫁匈奴，故匈奴与汉朝为岳婿关系。甥：女婿。舅：岳父。　⑫呼韩：呼韩邪（yé），匈奴单于的名号，汉宣帝时曾入汉朝谒见，汉元帝时再次入朝，元帝将王昭君遣嫁。　⑬昭阳：原系汉武帝时宫殿名，后泛指后宫。　⑭若个：哪个。

翻译

骆驼一群号角数声，

汉家宫女昭君要作千里远行。

六宫送别个个泪如雨下，

民间小儿女也人人怨恨。

昭君出发跨马鞍，

手拿琵琶慢慢弹。

生来绝代美貌难描画，
黄河映影自己都爱看。
君王诏书急急选丽质，
传到匈奴龙廷变呜咽。
侍女熏得甲帐浓浓香，
美女远去只见天山雪。
含情脉脉面对匈奴王，
掸拂毡帐权且作洞房。
长住宫中汉家生活惯，
酒酣思旧暂换汉宫装。
从今岳婿修好息兵戈，
塞上王爷常常来请和。
转问一声汉宫嫔妃们，
究竟谁个报答君恩多？

抵金陵(二首)

金陵即今江苏省南京市,是六朝故都。袁枚这两首诗回顾金陵作为帝王之都的悠久历史,结合历朝或偏安、或沦亡的惨痛史实,抒发对历史往事的诸多感慨,充满着伤今吊古的苍凉意绪。从对才子合当被谪、美人由来误国(当然责任不在美人而在帝王本身)、身非氏族难为客等的抒写中,表明了他对历史教训的深思和对社会不合理现象的不满。

黄金埋老变烟霞①,一片长江六帝家②。
天意两回南渡马③,秋痕满地故宫花。
荆襄形势上游远④,辇毂规模大道斜⑤。
我是荒伧来吊古⑥,手挥羽扇问年华。
登临不尽古今情, 无数青山入郡城。
才子合从三楚谪⑦,美人愁向六朝生。
身非氏族难为客⑧,地有皇都易得名。
八尺阑干多少恨⑨,新亭秋老月空明⑩。

---

① 黄金埋老:《太平御览》载:楚威王初置金陵邑,因地有王气,埋金

镇之。《金陵地记》又载,秦始皇时,有望气者说金陵有天子气,于是埋金玉、杂宝于钟山。埋老:埋得长久。　②六帝家:南京先后有三国吴,东晋,南朝宋、齐、梁、陈六朝建都于此。　③"天意"句:东晋元帝、南宋高宗都因避敌南逃渡江入建康(即今南京),并建立偏安小朝廷。南渡马:晋元帝与西阳王等五人渡江,童谣说:"五马浮渡江,一马化为龙。"后晋元帝即位为帝。此用其事。　④荆襄:指金陵上游的湖北一带,古荆州治所在今湖北襄阳,故称荆襄。　⑤辇毂(niǎn gǔ):帝王所乘的车。规模:规制、格局。"辇毂规模"指能行帝王之车的规格。大道斜:用唐卢照邻《长安古意》"长安大道连狭斜"语意,指大街小巷。　⑥荒伧:荒远鄙贱的人,等于说"穷地方来的乡下人"。　⑦合:该。此是反语。三楚:旧称江陵为南楚,吴为东楚,彭城为西楚。谪(zhé):贬官。屈原贾谊等都曾被贬于楚地。⑧氏族:指豪门贵族。魏晋时期一度以门阀来决定社会地位的高低,形成"上品无寒门,下品无世族"的局面。　⑨八尺阑干:高贵的栏杆,指六朝故宫遗迹。古以八尺为高贵标尺。　⑩新亭:旧址在今南京市水西门附近,今已不存。东晋时,南渡人士常在此凭吊故国,见《世说新语·言语》。

翻译

　　黄金埋久变化为五彩霞,

　　滔滔江畔曾是六朝帝王家。

　　天意使这里两次南渡马,

秋的痕迹是满地的故宫花。
荆襄形势优越在远处的上游，
道路规模依旧大街连狭斜。
我是穷乡粗人来此地吊古，
手挥羽扇探问已过去多少年华。

登高临水说不尽古今世情，
唯见无数青山蜿蜒进石城。
才子命该贬谪去三楚边荒，
美人忧愁因六朝兴亡产生。
不是大族便难在金陵作客，
此地曾为京城因而容易出名。
故宫八尺栏杆留下多少遗恨，
在新亭徒见深秋月光空明。

抵金陵（二首）

淮上中秋对月

  这是乾隆八年(1743)作者在沭阳县令任上时所作。作者自二十一岁离家去广西,此后一直在外考选、任官,屈指已有八年。每逢佳节倍思亲,年年中秋,月亮圆而又缺,不仅是勾起乡心一片,而且也引起了对在京城做官,改官江南、任江宁县令等这八年生活经历的回忆和反思。明月皎皎,往事历历,心中无限惆怅,借酒消愁,反而更添烦恼。淮上即淮河。

长淮波冷碧云残,　皎皎当空白玉盘①。
四海共传斯夕好②,　八年不在故乡看。
银河有影秋心老③,　仙露无声雁背寒。
建业风情京国梦④,　一时和酒上眉端⑤。

① 白玉盘:指明月。用李白《古朗月行》:"小时不识月,呼作白玉盘。"　② 斯夕:这夜,指中秋之夜。　③ 影:阴影。　④ 建业风情:三国吴时南京称建业,后避晋愍帝司马邺讳改称建康。袁枚在此之前曾任江宁县令,"建业风情"即指这段在南京的经历。京国梦:指作者在京参与科举考试和任翰林院庶吉士数年的经历。　⑤ 和:掺在一起。

翻译

淮河水波清冷天上碧云残，
皎皎明月当空宛如白玉盘。
天下人人都称今夜是良宵，
我却八年不在家乡把月赏玩。
银河历历在目秋光真易老去，
白露无声而雁背已觉清寒。
建业风情和那京城的美梦，
随着醇酒一齐涌上我的眉端。

府中趋

这是一首描绘官场生活片断的诗作。作者特意选取他作为下僚谒见上官之事,用看似平实、实含嘲弄的笔法,细致地描写谒见的过程,字里行间隐含着对旧时代官吏谒见上司时繁文缛节的讥嘲。对于这种纯粹形式主义的陈规陋习,毫不隐晦地表明了自己的深深厌恶。诗歌也写到上司衙门上下人等的装势作派,以及下属官吏不得不勉强敷衍忍受的心理状态,约略揭示了封建官场虚伪做作之弊。

巍巍天门开,朝贺有常期。 沉沉长官府,晨趋无已时①。 束带候鸡唱,腰笏事奔驰②。 众人已宛在,后至颜忸怩③。 坐守鼓角鸣,音响止复吹。 名纸如梵夹④,作字苍蝇微⑤。 起居称万福⑥,愿得尊者知。 尊者方欠伸,起问夜何其⑦。 司阍有酒气⑧,传入犹狐疑。 息气坐寒廨⑨,闭口忍徂饥⑩。 音旨忽然下,大旱得云霓⑪。 材官麾以肱⑫,鸟散而云归。 出门看白日,颓阳已熹微⑬。 明日戒更早,后日将毋迟⑭。 国事耶,民瘼耶⑮,将军者约耶⑯?

① "巍巍"四句：指上朝谒见皇帝有一定的日期，而见长官则随时都要去，比见皇帝要烦得多。常期：一定的日期。　② 笏(hù)：古代官员朝会时用以记事的手板。　③ 颜忸怩：露出难为情的神色。　④ 名纸：名片。梵夹：古代佛书以贝叶制成，两端以板木夹住，用绳串结，所以称梵夹。　⑤ 作字苍蝇微：过去官员参谒上级时用的名片，签署官衔姓名须恭书蝇头小楷。　⑥ 万福：行礼，旧时妇女行礼常口称"万福"。　⑦ 何其：怎么样。《诗经·庭燎》："夜如何其，夜未央。"　⑧ 司阍：看门人。　⑨ 廨(xiè)：官舍，官署。　⑩ 徂(cú)：来到。徂饥：肚子饿了。　⑪ 大旱得云霓：比喻渴想已久，终得如愿。《孟子·梁惠王下》："民望之，若大旱之望云霓。"霓：虹。虹现于西方为下雨之兆。　⑫ 材官：武官名，此指长官衙门的侍卫武官。麾以肱：挥手指使。《诗经·无羊》："麾之以肱。"麾：指挥，招手。肱：手臂。　⑬ 颓阳：原指落日。这里借指早晨的太阳尚未升出地平线。熹(xī)微：微明。　⑭ 将毋迟：《世说新语·文学》载，王衍问阮修老庄和圣教的同异，阮修答道："将毋同。"他有意采取这种模棱两可、叫人难以捉摸的回答。此套用这种句式，也表现了不很确定的意思，表示心中想最好是不要迟到。"将毋"同"将无"。　⑮ 民瘼(mò)：百姓的疾苦。瘼：病，引申为疾苦。　⑯ 将军者：带兵的。约：约束。

翻译

巍巍的天门轰然打开，

皇帝朝会有一定时期；
森严的上司长官衙门，
天天一早赶去都无完时。
束衣戴帽恭候鸡叫天亮，
腰插手板奔走驰骋办事。
每每众人都已宛然到齐，
迟到难以为情不免忸忸怩怩。
坐着守候升堂鼓角齐鸣，
一阵响过后又再是一番鼓吹。
梵夹般的一张张名片递上，
行行恭楷小字正如苍蝇微细。
起坐行动口中称颂万福，
恭谨之心但愿长官得知。
长官却才刚伸懒腰打着呵欠，
起身问道现在是夜里几时？
看门人儿满嘴喷酒气，
传进门去满腹存犹疑。
屏息静气坐在寒冷官房里，
闭着嘴儿强忍腹中饥。
长官指示忽然传下，
就像大旱时望见云霓。
侍卫武官挥手让大家退出，

众人像鸟兽哄散又如白云归去。
出得门来抬头看看天色，
曙色微微太阳却才刚刚升起。
暗自告诫明天要来得更早，
后天大概也是不能到迟。
这是为了国家大事吗？为了民生疾苦吗？
还是由于统帅军队般的约束呢？

捕蝗歌

蝗虫成灾,于是大小官员一起出动,指挥捕蝗。然而,他们一方面驱使百姓不分男女老幼东奔西走,疲于奔命,一方面自己又大吃大喝,收受礼物。名曰捕蝗,实际上带给百姓的灾害远远胜过蝗灾。这首诗对比揭露了这一客观事实,希望统治者不要做表面文章,要精简政令,不过分骚扰百姓,使民生得以安宁。这是一首乐府歌行体古诗,但大量用典,以古代的史实来加强诗歌的逻辑力量,增强了说服力。

蝈氏烧牡鞠①,本属衰周文②。螟螣付炎火③,诸氓自祈神。岂有为后稷,一手一足勤④。刘兰不捕蝗⑤,其岁乃大穰⑥。刘澄剪虫秽⑦,民乃呼灾殃。如何姚元之⑧,作俑为官常⑨?当时犹可,今日杀我。虫子如烟,符急如火。监司节镇浩呼汹⑩,文武攘臂趋如风⑪。顷刻赤地三千里⑫,小民畏官胜畏虫。东之丁男调向西⑬,丁男不足佐以妻。古从三军六十免⑭,今搏羽孽全家啼⑮。旧麦未敛稏⑯,新秧栽未齐。舍己而芸

人⑰,墨翟犹嗟咨⑱。民若此,官何如? 但见酒浆厨传纷追呼⑲。东阿大夫通苞苴,不然何以全名誉⑳。捕盗不善波及邻,捕虫不善殃全村。为儿理发加以髡,心岂不爱终非恩㉑。捕蝗问蝗果灭否,蝗言不雨捕更有。君不见,萧曹孳孳得民和㉒,柳州大书郭橐驼㉓。督邮来往蝗更多㉔,香山早有《捕蝗》歌㉕。

---

① 蝈(guō)氏:古代官名,掌管去除蛙类动物,见《周礼·秋官》。牡鞠:不结子的菊花。鞠:同"菊"。《本草·菊》:"菊无子者谓之牡菊,烧灰撒地,能除蛙黾(wā měng)。"蛙黾:癞哈蟆。 ② 衰周:周朝各诸侯国力强大、天子却虚弱,故称衰周。文:虚应、文饰之事。 ③ "螟螣"二句:螟螣(té):一种庄稼害虫。氓:民。《诗经·大田》:"出其螟螣,及其蟊贼。无害我田稚,田祖有神,秉畀炎火。" ④ "岂有"二句:后稷:周的祖先,名弃,为虞舜的农官。一手一足:如说一人之力。《礼记·表记》:"后稷天下为烈也,岂一手一足哉!" ⑤ 刘兰:其人其事不详。这里的用意约如白居易《捕蝗》所说:"我闻古之良吏有善政,以政驱蝗蝗出境。" ⑥ 穰(ráng):丰收。 ⑦ "刘澄"二句:《南史·儒林传》:"于是又有遂安令刘澄,为性弥洁,在县扫拂郭邑,路无横草,水剪虫秽,百姓不堪命,坐免官。"虫秽:虫粪。 ⑧ 姚元之:本名元崇,改名元之,后又避"开元"讳改名崇,唐睿宗、玄宗时宰相。山东蝗灾,姚崇下令各地官吏捕蝗,并取得玄宗赞许,定

捕蝗歌

为安农救灾的制度。见两《唐书·姚崇传》。 ⑨作俑(yǒng)：本指制作殉葬的偶像，见《孟子·梁惠王上》。后称创始某件事为"作俑"。俑：古代用以陪葬的木质或泥质偶人。以上两句说从姚崇开始，捕蝗就成了地方官员的常职。 ⑩监司节镇：泛指各级地方执政长官。浩呼：大呼。 ⑪攘(rǎng)臂：卷起衣袖，露出手臂，表示振奋或踊跃。 ⑫赤地：指官吏骚扰百姓造成五谷不生的景象。赤：光，空而无物。 ⑬丁男：成年男子。 ⑭"古从"句：史载古代男子六十岁以上可免服兵役。 ⑮羽孽：即羽虫孽，指不祥的鸟类或害虫。此指蝗虫。 ⑯秸(jì)：收割谷物。 ⑰芸：同"耘"，除草。《孟子·尽心下》："人病舍其田而芸人之田。" ⑱墨翟(dí)：春秋战国时墨家代表人物。他的学说主张"兼爱"，关心民生疾苦。嗟咨：叹息。 ⑲酒浆：酒。厨传：驿站。厨供应过客饮食，传供应过客车马及住宿。 ⑳"东阿大夫"二句：指春秋时晏婴(字仲平)为东阿宰事迹。据《史记》《晏子春秋》载，齐景公使晏子为东阿宰，晏子以礼法治之，受到权贵和奸民的攻击。景公召见他并免去其官职。晏子请复治三年，顺乎时尚，取消礼法，结果却受到好评，景公颁赏奖励。苞苴：馈赠的礼物。这两句是说官员只有曲意奉承才能保全声誉。 ㉑"为儿"二句：说父母给儿子理发，却剪成了光头。比喻官员的本意或许是爱民，但行为的结果对百姓却不是恩德。髡(kūn)：剃光头发，古代的一种刑罚。 ㉒萧曹：指汉高祖的丞相萧何和继之为相的曹参。萧何死后，曹参对其制度一无变更，百姓高兴而作歌赞之。孳孳：也作"孜孜"，形容勤劳不懈。 ㉓柳州：唐代柳宗元曾任柳州刺史，世称柳柳州。他作有《种树郭橐驼传》，说明种树要顺其天性的道理，并加以引申，劝诫当政者不要过分扰民。

㉔ 督邮：古官名，为郡守佐吏，掌管督察纠举所属境内违法之事。清代无此官职，此指与之相应的官吏。　㉕"香山"句：唐白居易（号香山居士）有《捕蝗》诗，感叹官府令百姓昼夜捕蝗，徒使百姓劳苦而无效用，劝告统治者要行善政，从根本上解决问题。

翻译

古代除虫烧药草，
本是周末虚应文。
螟虫付之熊熊火，
实因百姓自求神。
哪有官儿如后稷，
岂是一人手脚勤？
古代刘兰不捕蝗，
五谷丰登年岁康；
刘澄下令除虫害，
百姓却喊遭祸殃。
自从唐代姚元之，
官儿捕蝗习为常。
当时还可行，
如今害了我。
虫子如尘烟，
官命急如火。

各地各方长官喊得凶,
文武官吏攘臂快如风。
顷刻烧光田地三千里,
百姓怕官甚于怕蝗虫!
东边的壮健男子调到西,
壮丁不足再加上老弱妻。
古代从军六十尚可免,
如今捕蝗全家都哭泣。
麦子收割还没完,
秧苗栽插还没齐。
丢下自己的农活去为人锄草,
墨翟见了也要长叹息。
百姓是这样,
官儿又何如?
只见驿站忙碌酒肉相传呼。
当年东阿大夫只好顺世俗,
不然自家名誉怎保住?
捕盗不善可能祸及邻,
捕虫失策也会害全村。
就像给儿理发弄成剃光头,
心中虽爱终究不是恩。
捕蝗借问真能灭蝗否?

蝗虫说只要不下雨捕了还会有。

你不见,萧何曹参勤勉不懈民安和,

柳宗元也写过郭橐驼。

官吏来往监督只怕蝗更多,

香山居士早就写过《捕蝗》歌!

答曾南村论诗①

这首诗谈论诗歌创作,强调诗歌应抒写性情,声律和谐,崇尚风雅传统,而不争时代门户。这与他"诗有工拙,而无古今"的主张是一致的。

① 曾南村:曾尚增,字南村,乾隆七年(1742)和袁枚同时改官外任,后升郴州刺史。因官署失火,妻女遭难,忧伤过度而死。

提笔先须问性情, 风裁休划宋元明①。
八音分列宫商韵②,一代都存雅颂声③。
秋月气清千处好, 化工才大百花生④。
怜予官退诗偏进⑤,虽不能军好论兵⑥。

---

① 风裁:风雅传统和诗歌体裁。　② 八音:古代称金、石、丝、竹、匏、土、革、木八类乐器为八音。宫商:古代以宫、商、角、徵、羽为五个音阶名。这句以音乐比喻诗歌声律,是说诗歌有声有韵,就像不同乐器都有乐调。　③ 雅颂:《诗经》分风、雅、颂三类。雅、颂指代高贵典雅的作品。　④ 化工:大自然的创造力。　⑤ 官退:仕宦不得意。似指自己改官外任事。　⑥ "虽不"句:比喻自己虽不精于作诗却喜欢发议论。这是谦词。

翻译

提起笔来先要问性情,
风雅体裁别分宋元明。
不同乐器都有宫商调,
代有佳作同存雅颂声。
秋天月明气爽处处风景好,
造化本领高强催放百花生。
可怜我当官失意诗才有长进,
虽不能率军作战却是爱谈兵。

春日郊行

这首诗描写春天的晴明景色和乡村春耕的忙碌景象。面对这一派田园风光,诗人不由得想到自己做官奔忙的劳苦。

二月郊行最有情, 青山带雨画清明①。
杂花香自空中至, 野草根从旧处生。
小鸟啼烟催布谷②,老牛牵犊学春耕。
劳劳官走江城北, 争怪长条日送迎③。

---

① 清明:天气清爽明朗。 ② 小鸟:指布谷鸟,也叫鹁鸪。每逢春播季节发出像"布谷"一样的鸣叫,仿佛催促春耕播种。烟:水乡雾气。 ③ 争怪:怎怪。争:同"怎"。长条:垂柳。

翻译

最有情味是那二月里郊行,
青山带雨显得清朗又明净。
阵阵杂花香味空中飘过来,

地上野草根儿不死又重生。
水汽腾腾布谷声声催播种,
老牛带着犊儿学着把田耕。
为官作吏辛劳奔走江城北,
怎怪垂柳长条日日来送迎。

随园杂兴(选二)

乾隆十四年(1749),袁枚买下随园的第二年春天,他辞去江宁县令的官职,归居随园。在这里,他写了《随园杂兴》十一首,描写随园的景致和自己的感触,表现了他对随园退居生活的热爱和满足。这里选录的是这组诗的第五、第十两首。这两首诗纯用白描手法抒写眼前景色,平淡如话,诗味醇浓,表现了主人公恬淡闲适的心态。

花自带春来,春不带花去;
云自共水流,水不留云住。
我欲问其故,无人有高树。
树下闲思量,春与云归处。

君莫笑楼高,楼高固亦好。
君来十里外,我已见了了。
君来莫乘车,车声惊我鸟;
君来莫骑马,马口食我草;

君来毋清晨，山人怕起早；

君来毋日暮，日暮百花老。

翻译

是花自己带着春天来，
春天并不带着花儿去；
是云自己随水一道流，
水却无心留云住。
我想问问这是为什么，
这里无人只有高高树。
我在树下悠闲费思量，
想那春天和云何方是归处。

先生不要笑楼高，
楼高当然也很好。
先生来自十里外，
我已清清楚楚看见了。
先生来时别乘车，
车声太闹惊我树上安歇鸟；
先生来时莫骑马，
只怕马儿又要吃我路边草；

随园杂兴（选二）

先生来时别在大清晨,
我呀实在怕起早;
先生来时不要等到天将暮,
天太晚了只怕百花都已老。

江中看月作

乾隆十四年(1749),作者退居随园后,曾有一次淮上之游,这诗即是途中所作。诗中描写夜航中月色笼罩下的大江、江鱼、江舟、风帆、船灯,实景奇想,既朦胧又清晰,优美动人。

江风送月海门东[①], 人到江心月正中。
万里鱼龙争照影, 一船鸡犬欲腾空[②]。
帆如云气吹将灭, 灯近银河色不红。
如此宵征信奇绝[③], 三更三点水精宫[④]。

① 海门:海口。 ② 鸡犬:晋葛洪《神仙传》载汉代淮南王刘安修炼成仙,临上天时,家中鸡犬都得以飞升。比喻船上人的飘飘欲仙之感。 ③ 宵征:夜行。信:确实,实在。 ④ 水精宫:即水晶宫,喻皎洁月色下的景物。

翻译

江风吹送明月直到海门东,

乘船人到江心月儿正当空。
江中鱼龙好像抢着来显影，
一船鸡犬似要升天而腾空。
船帆像云气一吹就会散，
灯色仿佛接近银河而不红。
这样的夜航确实称奇绝，
犹如半夜三更到了水晶宫。

寄鱼门[①]

诗人见流水而生情,望着绵绵不断的江水,油然联想到处在远水一方的友人。宋代李之仪《卜算子》词写道:"我住长江头,君住长江尾。日日思君不见君,共饮长江水。"艺术手法相似,而情调各异。

[①] 鱼门:程晋芳,字鱼门,号蕺园,安徽歙县人。他曾任翰林院编修,参加《四库全书》的校勘工作,是袁枚好友。

江南江北路迢遥[①],同是门前水一条。
一日两家流得到,如何人不似春潮?

[①] 迢遥:遥远。

翻译

江南江北路途遥又遥,
门前江水都是这一条。
水流一天两家都流到,
怎么人就不能像春潮?

水西亭夜坐

水西亭是随园中的一座亭子。在万籁俱寂的夜凉时刻,诗人静坐亭中,欣赏明月流水、秋花荷珠、萤光虫鸣的景象,物与人之间产生了和谐的共鸣,诗人渐渐进入万念俱息的忘我境界,一声钟响又把他引回人间。诗以简朴的语言,深微地写出了秋夜里物、我之间的感应过程,充分显示了抒写性灵的特色。

明月爱流水,一轮池上明。 水亦爱明月,金波彻底清。 爱水兼爱月,有客登西亭。 其时万籁寂①,秋花呈微馨②。 荷珠不甚惜,风来一齐倾。 露零萤光湿③,屟响蛩语停④。 感此玄化理⑤,形骸付空冥⑥。 坐久并忘我,何处尘虑撄⑦。 钟声偶然来,起念知三更。 当我起念时,天亦微云生⑧。

---

① 万籁:自然界的各种声响。 ② 馨(xīn):香。 ③ 零:落。萤光:萤火虫的光亮。 ④ 屟(xiè):鞋子。蛩(qióng)语:虫声。蛩:蟋蟀。 ⑤ 玄化理:自然运动变化的道理。 ⑥ 形骸:人的形体躯

壳。《庄子·德充符》："今子与我游于形骸之内,而子索我于形骸之外,不亦过乎!"空冥:指天。　⑦ 尘虑:世俗之念,世俗的思绪。撄:扰乱,纠缠。　⑧ 天亦微云生:《世说新语·言语》："司马太傅(道子)斋中夜坐,于时天月明净,都无纤翳,太傅叹以为佳。谢景重在坐,答曰:'意谓乃不如微云点缀。'太傅因戏谢曰:'卿居心不净,乃复强欲滓秽太清邪!'"

翻译

天上明月爱流水,
一轮照得池上明;
流水也自爱明月,
金波泛泛透底清。
既爱流水又爱月,
有客夜上水西亭。
此时万籁声寂寂,
唯有秋花微微吐芳馨。
荷上水珠不大被爱惜,
风儿吹过一齐叶下倾。
夜露滴落萤光湿,
脚步声响虫不鸣。
胸中顿悟万物变化理,
随把躯体交付与空冥。

亭中坐久不觉我尚在,
再无尘世杂念扰心胸。
偶尔听见钟声远处响,
俗念渐起却知已三更。
正当胸中俗念起,
天空也见一缕白云生。

马嵬(选一)

当年唐玄宗为避安史之乱,从长安入蜀。走到马嵬驿(在今陕西兴平)时,发生兵谏,处死了奸相杨国忠,并要求处死杨贵妃。唐玄宗被迫赐杨贵妃自尽。乾隆十七年(1752),袁枚去陕西赴任,路过马嵬,写了《马嵬》四首,后来又写了《再题马嵬驿》四首。在这两组诗中,袁枚对唐玄宗和杨贵妃的爱情悲剧持否定态度。这首诗谴责了唐玄宗沉湎于男女情爱之中,以致误国害民,使百姓蒙受战乱之苦。对唐代诗人白居易《长恨歌》的思想倾向表示异议,同时赞美了杜甫同情人民苦难的《石壕吏》。

莫唱当年《长恨歌》①,人间亦自有银河②。
石壕村里夫妻别③, 泪比长生殿上多④。

---

①《长恨歌》:唐代诗人白居易作,描写唐玄宗和杨贵妃的爱情悲剧。 ② 银河:天河。民间传说王母用银河将牛郎、织女隔开。 ③ "石壕"句:唐代诗人杜甫有《石壕吏》诗,写石壕村里老夫妻在战乱中因官军强行拉伕而被活活拆散。 ④ 长生殿:《长恨歌》中描写的唐玄

宗、杨贵妃定情之处。

翻译

莫唱当年明皇贵妃离别歌,
民间也有隔断夫妻的宽银河。
石壕村里老夫老妻生别离,
眼泪比你长生殿上流得多。

卮言(选一)

"卮言"语出《庄子·寓言》,指随意而发的言辞。袁枚《卮言》诗共六首,都是借古代史实抒发感想。这是第三首,诗借古讽今,嘲讽了当时社会上斤斤于小节而不注意大节的用人方法。认为古代用人重大节忽略小节,宋代以后拘泥细节,结果儒生官吏都成了庸腐的可怜虫。

奇物取大节,瑕瑜不相蒙①。谢安游江左,挟妓东山东②。香山守杭州③,弦管醉春风④。当时两贤人,勋业何穹隆⑤! 宋后异于昔,法网如张弓⑥。所弃山斗外⑦,所争糠秕中⑧。腐儒死糟粕⑨,俗吏甘雷同。烟视而媚行⑩,绳趋而沟壑⑪。所以古乐府,长歌可怜虫⑫。

① 瑕瑜:好坏。蒙:混淆。 ②"谢安"二句:参见《谢太傅祠》诗注。 ③ 香山:唐代诗人白居易,号香山居士。参见《捕蝗歌》诗注。 ④ 弦管:泛指音乐。 ⑤ 穹隆:物体中间高四周低形如锅者称穹隆,常指天空。比喻高。 ⑥ 张弓:拉开的弓。喻严紧。 ⑦ 山斗:泰山和北斗。《新唐书·韩愈传赞》载,韩愈死后,"其言大行,学

者仰之如泰山北斗",后用以比喻受人敬仰的人物。　⑧糠秕:米糠和瘪谷。《晋书·孙绰传》载,孙绰和习凿齿一起走,孙在前,对习说:"沙之汰之,瓦石在后。"习答道:"簸之扬之,糠秕在前。"后用以比喻微末无用的人物。　⑨糟粕:用《庄子·天道》讽刺儒生语,认为他们"所读书,古人之糟粕已夫"。　⑩烟视而媚行:本指低视慢步,形容新娶妇举止安详之态。后常喻俯首听命、顺从驯服的样子。　⑪绳趋:行动符合法度,循规蹈矩。沟衷:输从献忠。沟:通。衷:内心思想。　⑫"所以"两句:《乐府诗集·梁企喻歌》:"男儿可怜虫,出门怀死忧。"

翻译

杰出人物往往应取其大节,
小的过失难掩伟绩丰功。
当年谢安娱心林泉游江左,
带着艺伎纵情游玩东山东;
唐代的白居易在杭州任太守,
弦管歌吹西子湖畔醉春风。
谢白两人都是当时的贤士,
建功立业可称功高而德隆。
宋代以后完全不同于往昔,
法网高张就像紧紧拉开弓。
泰山北斗之才统统抛弃云天外,

提拔荐用只在糠秕废物中。
迂腐儒生困死古人糟粕里,
庸俗官吏甘心事事与人同。
俯首帖耳做事看人脸色行,
循规蹈矩谨向上司献愚忠。
难怪古代有人作那乐府诗,
嘲笑世俗男子真是可怜虫!

温泉

　　从泉水之"温"联想到世态的炎凉,顺笔一刺,善于借题发挥。作者希望通过温泉之浴来暂时忘却世态的炎凉,表现了他对这种社会现象的不满。

华清宫外水如汤①, 洗过行人流出墙。
一样温存款寒士, 不知世上有炎凉。

① 华清宫:唐代宫名,又名温泉宫,故址在今陕西西安市临潼区骊山上。宫中有华清池,因唐代杨贵妃曾浴于此而极为有名。汤:热水。

翻译

华清宫外泉水温热正如汤,
行人洗过后又汩汩流出墙。
泉水一视同仁温存待寒士,
全然不顾而今世态有炎凉。

咏钱(选一)

本题共六首,写于乾隆二十二年(1757)。袁枚少时家境贫寒,此时已四十二岁,阅历了人生,对钱的作用更有着深切的感受。诗歌一反封建士大夫传统鄙视钱的观念,认为钱是有用之物,只要使用得当;嘲讽了守财奴和浪荡子;希望国家理财,愿天下人都富足。

人生薪水寻常事[1],动辄烦君我亦愁[2]。
解用何尝非俊物[3],不谈未必定清流[4]。
空劳姹女千回数[5],屡见铜山一夕休[6]。
拟把婆心向天奏[7],九州添设富民侯[8]。

[1] 薪水:指柴火、饮用水之类生活日用品。　[2] 君:指钱。　[3] 解用:懂得使用,会用。俊物:杰出人物。　[4] "不谈"句:《世说新语·规箴》载,王衍闭口不谈"钱"字,其妻故意用钱将他的床团团围住,王衍早上起来见了,称之为"阿堵物",仍没有提"钱"字。清流:有名望而清高的人士。　[5] 姹女:指汉灵帝之母永乐太后。她好敛财,京城有童谣云:"车班班,入河间,河间姹女工数钱,以钱为宝金为堂。"　[6] 铜山:《史记·佞幸列传》载,汉文帝赐邓通铜山一座,让他

自己铸钱用。汉景帝时,邓被抄家,穷饿而死。一夕休:一天就完了。　⑦婆心:仁慈之心。天:此指皇帝。　⑧富民侯:《汉书·食货志》:"武帝末年,悔征伐之事,乃封丞相为富民侯。"这里是借其字面意义表示作者关心民生疾苦的愿望。

翻译

人生打柴汲水本是平常事,
动辄要钱可就使我也发愁。
懂得用钱何尝不是好人才,
绝口不提未必就算真清流。
富人徒劳把钱千遍万遍数,
就是拥有铜山也能一夜休。
我想把这番婆心向天诉奏,
请在普天之下多设富民侯。

题柳如是画像

柳如是,本姓杨,名爱;改姓柳,名隐;又改名是,字如是。吴江(今属江苏)人,一说嘉兴(今属浙江)人,明末的名妓,秦淮"八艳"之一。她后来被明末名宦、易节仕清的钱谦益纳为妾,曾劝钱自杀殉节,并参与抗清复明活动。她的一生富有传奇色彩,但对她的评价则历来褒贬不一。袁枚此诗在当时脍炙人口,影响很大。诗中通过她力劝钱谦益自杀以殉明朝及暗中进行抗清复明活动等情事,热情赞扬她作为一个红粉女子,却能为保持民族气节而不惜性命的贞操,叹息她的所遇非人;同时也贬斥了钱谦益丧失民族气节、贪生怕死的行为。

生绡一幅红妆影①,玉貌珠冠方绣领。 眼波如月照人间,欲夺鸾篦须绝顶②。 怀刺黄门悔误投③,遗珠草草尚书收④。 党人碑上无双士⑤,夫婿班中第二流⑥。 绛云楼阁起三层⑦,红豆花枝枯复生⑧。 斑管自称诗弟子⑨,佛香同事古先生⑩。 勾栏院大朝廷小⑪,红粉情多青史轻⑫。 扁舟同过黄天荡⑬,梁家有个青楼样⑭。 金鼓亲提妾亦能⑮,争奈江南不出将⑯! 一朝九庙烟尘起⑰,手握刀绳劝公死⑱。 百年此际盍归乎⑲,万论从今都定矣。 可惜尚书寿正长⑳,丹青让与柳枝娘㉑。

---

① 生绡:没有漂煮过的丝织品。古人常用以作画,所以也借指画卷。红妆:女子,此指柳如是。 ② 鸾篦:鸾状的梳篦。唐李贺《秦宫诗》:"鸾篦夺得不还人,醉睡氍毹满堂月。"秦宫是东汉梁冀妻孙寿的嬖奴,这两句是说秦宫独得孙寿的宠幸。袁枚借以比喻要争夺奴女鳌头,就必须有她这般绝顶才貌。 ③ "怀刺"句:柳如是曾一度从明末清初文人陈子龙,后又离去。刺:名片。黄门:给事中的别称,指曾任此职的陈子龙。 ④ "遗珠"句:指钱谦益纳柳如是为妾。遗珠:遗漏的宝物或埋没的人才。尚书:指钱谦益,他曾任明弘光朝礼部尚书。 ⑤ 党人碑:即元祐党籍碑,也称元祐党人碑。宋元祐年间司马光为相,尽废宋神宗熙宁、元丰间王安石的新法,恢复旧制。后章惇为相,复王安石新法,斥司马光等为奸党,贬斥出朝。宋徽宗崇宁元年(1102),蔡京为相,将反对新法的一百二十人罗列罪状,立碑于端礼门。三年后增加到三百零九人,又立碑于朝堂,即所谓"党人碑"。无双士:天下无二的人物。钱谦益曾为明末东林党领袖,此句刺他枉得虚名。 ⑥ "夫婿"句:清兵入南京,钱谦益率文武百官迎降,丧失志节。《清史稿》将钱谦益入于"贰臣传"。夫婿:指钱谦益。第二流:二流人物,并非真正杰出人物。 ⑦ 绛云楼阁:指钱谦益的藏书楼绛云楼。钱曾得刘凤、钱谷、杨仪、赵用贤四家书,又重资购买古本,统藏于此楼。清顺治七年冬失火,楼与书尽毁。

⑧红豆花枝:钱谦益宅第有红豆,称为红豆山庄。 ⑨斑管:毛笔。元白朴《阳春曲·题情》:"轻拈斑管书心事,细折钱笺写恨词。" ⑩古先生:道家称佛为"古先生",唐姚合《闲居》:"何当学禅观,依止古先生。"此句指钱、柳一起焚香礼佛。 ⑪"勾栏"句:是说满朝文武百官还不如妓女有气节。勾栏院:妓院。 ⑫"红粉"句:讽刺钱谦益把儿女之情看得比名声还重。红粉:指女子。 ⑬黄天荡:地名,在今江苏南京市东北,宋代抗金名将韩世忠曾在此大战金兵,以八千士卒抵敌二十万,大获全胜,金兵侥幸突围脱逃。 ⑭"梁家"句:指韩世忠妻梁红玉,她本出身妓女。青楼:妓院。韩世忠在黄天荡与金兵激战时,梁红玉亲自擂鼓助阵,大大鼓舞了士气。据史籍载,钱谦益和柳如是曾游黄天荡凭吊,以韩世忠和梁红玉自勉,表示要坚决进行抗清斗争。柳如是并有死后愿葬韩世忠墓侧的话。 ⑮金鼓亲提:指梁红玉亲自擂鼓助战事。提:拿起。妾:柳如是自称。 ⑯争奈:怎奈。江南:指当时在南京的南明政权。 ⑰一朝:一旦。九庙:指明朝。古代帝王立七庙以祀祖先,到王莽时增建黄帝太初祖庙和帝虞始祖昭庙,共九庙,后沿用。古人常以九庙指代统治一国的王朝。 ⑱"手握"句:据史籍载,清兵将入南京时,柳如是曾力劝钱谦益或以刀自裁,或投河自尽,或像崇祯一样自缢,但钱谦益终不肯以身殉,柳如是投水自尽未成。公:指钱谦益。 ⑲百年此际:指人生百年,总有一死。盍归:何不归去,指死。 ⑳"可惜"句:指钱谦益不肯以死殉节,苟活人间。 ㉑"丹青"句:喻指钱谦益不能名垂青史,柳如是却能留下美名。丹青:图画,指柳如是画像。柳枝娘:指柳如是。

翻译

一幅图画留下俏丽影,
玉颜珠帽衣是方绣领。
眼波像月光闪闪照人间,
妓女班头才貌称绝顶。
托身子龙后又悔误投,
明珠遗留被那尚书收。
东林党中枉称无双士,
夫婿原本只是第二流。
绛云楼阁高高有三层,
红豆山庄花枝枯又生。
学作诗文自称诗弟子,
焚香拜佛同事古先生。
妓女节高满朝官渺小,
儿女情长青史却看轻。
曾经乘船同过黄天荡,
一心要学梁家红玉样。
助夫杀敌我也完全能,
怎奈江南没有骁勇将!
一旦国家战乱烟尘起,
拿着刀绳劝夫为国死。

人总一死何不此时归？
一切评论从今都定矣！
可惜尚书贪生寿命长，
青史留名还数柳枝娘。

题柳如是画像

二月

　　这首诗作于乾隆二年(1737)。愁是一种心态,本是无形的,然而在诗人看来,它却如眼前的杨花一样,一重加一重,直至千万重。变无形为有形,可谓善于寄托。

二月湘帘漾晓风①,　　倚阑人对碧芙蓉②。
春愁不是无形物,　　但看杨花一万重。

① 漾:摇动的样子。　② 阑:栏杆。

翻译

二月里晓风吹得湘帘动,
倚栏人面对青青绿芙蓉。
春愁不是难以捉摸无形物,
看那杨花飞絮千重又万重。

子才子歌示庄念农①

　　这是一首述志诗,作于乾隆二十四年(1759),作者时年四十四岁。诗中自叙生平阅历和志趣,表现了豁达的胸襟。他三十四岁辞官归隐后,度过了十多个春秋,回顾半生历史,心中既充满怀才不遇、壮志难酬的感慨,又坚信自己必将以诗文传世。诗作洋溢着自我赞许的激情,抒写了对世俗偏见的轻蔑,笔调酣畅,风格雄豪。

① 庄念农:庄经畬,字井五,又字念农,乾隆二年进士,官至太守,是袁枚好友。

　　子才子,顾而长①,梦束笔万枝②,为桴浮大江③,从此文思日汪洋。 十二举茂才④,二十试明光⑤,廿三登乡荐⑥,廿四贡玉堂⑦。 尔时意气凌八表⑧,海水未许人窥量⑨。 自期必管、乐⑩,致主必尧、汤⑪。 强学佉卢字⑫,误书灵宝章⑬,改官江南学趋跄⑭。 一部循吏传⑮,甘苦能亲尝。 至今野老泪簌簌,颇道我比他人强。 投幪大笑⑯,善刀而藏⑰,歌《招隐》⑱,唱迷阳⑲,此中有深意,晓人难具详。 天为安排看花处,清凉山色连小仓⑳。 一住一十有一

年,萧然忘故乡。 不嗜音,不举觞,不览佛书,不求仙方。 不知青鸟经几卷㉑,不知樗蒱齿几行㉒。 此外风花水竹无不好,搜罗鸡碑雀篆盈东厢㉓。 牵鄂君衣㉔,聘邯郸倡㉕,长剑陆离㉖,古玉丁当。 藏书三万卷,卷卷加丹黄㉗。 栽花一千枝,枝枝有色香。 六经虽读不全信㉘,勘断姬孔追微茫㉙。 眼光到处笔舌奋,书中鬼哭鬼舞三千场。 北九边㉚,南三湘㉛,向、禽五岳游㉜,贾生万言书㉝,平生耿耿罗心肠。 一笑不中用,两鬓含轻霜,不如自家娱乐敲宫商㉞。 骈文追六朝,散文绝三唐㉟。 不甚喜宋人㊱,双眸不盼两庑旁㊲,帷有歌诗偶取将。 或吹玉女箫㊳,绵丽声悠扬;或披九霞帔㊴,白云道士装;或提三军行古塞,碧天秋老吹甘凉㊵;或拔鲸牙敲龙角,齿牙闪烁流电光。 发言要教玉皇笑,摇笔能使风雷忙,出世天马来西极㊶,入山麒麟下大荒。 生如此人不传后,定知此意非穹苍。 就使仲尼来东鲁㊷,大禹出西羌㊸,必不呼子才子为今之狂。 既自歌,还自赠,终不知千秋万世后,与李杜韩苏谁颉颃㊹? 大书一纸问蒙庄㊺。

---

① 颀(qí):修长,身材高。　② 束笔万枝:把一万枝笔捆成一束。

③ 桴:竹、木筏。《论语·公冶长》载孔子语:"道不行,乘桴浮于海。"这里说束笔万枝为筏,飘游大江,寄寓着满载文思的意思。　④ 茂才:即秀才,汉时避光武帝刘秀讳而改。　⑤ 明光:汉代宫殿名,后泛指宫殿。作者二十一岁时曾被荐博学鸿词于朝廷。　⑥ 登乡荐:唐时应进士试由州县地方官荐举,称乡荐。后泛指乡试中式。袁枚二十三岁时中举人。　⑦ 贡玉堂:入翰林院。袁枚二十四岁中进士,入翰林院为庶吉士。　⑧ 八表:八方极远之地。　⑨ "海水"句:俗语有"海水不可斗量",此指志向及才能未可限量。　⑩ 管:管仲,春秋时齐国贤相。乐:乐毅,战国时燕国名将。　⑪ 尧:唐尧,传说中的上古贤君;汤:商朝的建立者成汤。"尧汤"概指贤君。此句是说一定要促使人主成为贤君。杜甫《奉赠韦左丞丈二十二韵》:"致君尧舜上,再使风俗淳。"　⑫ 佉(qū)卢字:古印度的一类文字,此指满文。当时制度,庶吉士必须学习满文。　⑬ 灵宝:道家语,《道藏》有《灵宝经》。此句似指他写《清说》一事,这是作者改官外用的重要原因。　⑭ 改官江南:袁枚于乾隆七年(1742)外放,历任溧水、江浦、沭阳、江宁等知县。趋跑:行步快慢有节奏。此指官员对上司的参拜礼节。　⑮ 循吏传:《史记》有《循吏传》,以后正史都沿用。旧时称官吏奉职守法者为循吏。　⑯ 投帻(zé):指弃官。帻:头巾。　⑰ 善刀而藏:比喻适可而止,自敛锋芒。语出《庄子·养生主》。　⑱《招隐》:西汉淮南小山有《招隐士》,写征召隐居的贤士出仕。西晋左思有《招隐》诗。此句含以隐居的贤士自居意。　⑲ 迷阳:一种多刺的小草,比喻世路的艰险。《庄子·人间世》:"迷阳迷阳,无伤吾行。"　⑳ 清凉:山名,又称石头山,在江苏南京城西。小仓:山名,与清凉山毗邻。　㉑ 青鸟:六朝时方士名,善葬术,著《相

冢书》。"青鸟经"指风水卜葬一类书籍。 ㉒ 樗蒱（chū pú）：古代赌博游戏。齿：骰（tóu）子，又称色子，赌具。《晋书·葛洪传》："不知棋局几道，樗蒱齿名。" ㉓ 鸡碑：晋朝戴逵幼年时用鸡蛋汁淘洗白瓦屑，作郑玄碑，自刻之。这里泛指碑帖。雀篆：凤鸟所衔丹书。这里似指名贵字画。雀：朱雀，即凤凰。篆：指祥瑞文字。 ㉔ 鄂君：鄂君子皙，春秋时楚国贵族，官令尹。越人悦其美，曾作歌赞颂他。此代指美人。 ㉕ 邯郸倡：指能歌善舞的伎女。汉乐府《鸡鸣》："上有双樽酒，作使邯郸倡。"邯郸：地名，今属河北，战国时赵国都城，旧时相传赵地多美女。 ㉖ 陆离：形容长剑。语出《离骚》。 ㉗ 丹黄：旧时点校书籍用朱笔，错字用雌黄涂抹，合称"丹黄"或"朱黄"。 ㉘ 六经：古时指六种儒家经典，即《诗》《书》《礼》《易》《乐》《春秋》。 ㉙ 姬孔：指周公旦和孔子。微茫：隐约模糊，此指微言大义。 ㉚ 九边：明代北方九处要镇的总称。明代在东到鸭绿江、西到嘉峪关之间设辽东、宣府、大同、榆林四镇，又设宁夏、甘肃、蓟州三镇，加太原、固原合称"九边"。此泛指北部边疆。 ㉛ 三湘：古代常以潇湘、资湘、沅湘合称"三湘"。此泛指今洞庭湖南北、湘江流域一带。 ㉜ "向、禽"句：向长和禽庆同游五岳，后不知所终。向长，字子平，后汉朝歌人，隐居不仕；禽庆，字子夏，北海人，不仕王莽。 ㉝ 贾生：贾谊，汉代政治家、文学家，曾作《过秦论》《论治安策》《论贵粟疏》等议论朝政的长篇政论文，"万言书"似指此。 ㉞ 宫商：古代以宫、商、角、徵、羽为五音名称，后常以"宫商"代指音乐。 ㉟ 三唐：唐以后人根据唐代文学发展情况将唐代分为初唐、盛唐、晚唐，合称"三唐"。此泛指唐代。 ㊱ 宋人：指宋代程、朱等理学家。 ㊲ 两庑：殿堂的东西两廊。这里代指宋儒庄重神圣之相。 ㊳ 玉女：神女。以下八句比喻诗境。　㊴九霞帔:九霞,道家语,九彩美霞。帔:披于肩背上的服饰。　㊵甘凉:指古代乐曲《甘州曲》《凉州曲》。　㊶"天马"句:天马指骏马。《史记·大宛传》:"初……得乌孙马,好,名曰天马。及得大宛汗血马,益壮,更名乌孙马曰西极,名大宛马曰天马云。"　㊷仲尼:即孔子,鲁国人。"东鲁"指山东。　㊸大禹:即夏禹。据唐张守节《史记正义》引《帝王记》,夏禹本是西夷人。西羌:我国少数民族羌族居住在西方边境,汉代称为西羌。　㊹李杜韩苏:指唐代李白、杜甫、韩愈及宋代苏轼。颉颃(xié háng):原指鸟上下飞翔的样子,后引申为不相上下之意。　㊺蒙庄:庄子,名周,战国时宋国蒙(今河南商丘)人。这里借指庄念农。

翻译

子才先生,身材修长,
梦中束笔一万枝,扎成竹筏游大江,
从此文思汹涌开阔如汪洋。
十二进学为秀才,二十天子试殿堂,
二十三岁中举人,二十四岁点上翰林榜。
当时意气风发冲霄汉,志大似海无人可估量。
自许功业必定可比管仲、乐毅,
辅助君王必定直追唐尧、商汤。
勉强学习佉卢字,误写一篇灵宝章,
改官江南学习迎送步履忙。

一部循吏传,其中甘苦亲自尝。

至今百姓感恩泪簌簌,颂扬我比他人强。

抛去乌纱,仰天大笑,

快刀用过,好生收藏。

长歌隐士诗,高唱迷阳曲,

此中自有深意在,难对外人说周详。

天公为我安排看花处,

清凉山色连绵接小仓。

一住十一年,

洒脱安居忘故乡。

不爱音乐,不喜饮酒,

不读佛书,不求仙方。

不知看风水的青乌经有几卷,

不懂博戏骰子是些什么花样。

此外却对风花水竹无不爱,

搜罗碑帖书画装满了东厢房。

手牵美人衣,

广聘佳人邯郸倡,

腰悬长剑光闪闪,

带系古玉声叮当。

家有藏书三万卷,

卷卷精心批点加丹黄；
园中栽花一千枝，
枝枝色艳香浓争芬芳。
虽读六经不全信，
考定周公孔子探索微茫。
如有发现奋笔便直书，
似见书中鬼哭鬼舞千万场。

北至九边，南到三湘，
追随向长、禽庆游五岳，
继步贾生议政万言书，
平生忠心耿耿不能忘！
可笑虚名徒有不见用，
两鬓斑白早已染轻霜，
不如自家娱乐击节敲宫商。
写出骈文远可追六代，
创作散文冠绝于三唐。
只是不大喜欢宋人的模样，
双目不瞄神圣庄严宋儒相，
但对宋诗也偶尔学几行。
有的仿佛玉女吹洞箫，
柔丽婉转声悠扬；

子才子歌示庄念农

有的好像身披九霞帔,

白云簇拥道士装;

有的如同三军出征古边塞,

天高云淡深秋吹奏《甘州》《凉州》曲悲凉。

有的又像拔鲸牙,敲龙角,

齿牙闪烁流动飞电光。

发言可令玉皇大帝开口笑,

摇笔能使风伯雷公齐奔忙。

一似西极骏马来天外,

又如麒麟入山归大荒。

如此人物若是不传世,

这种旨意决非出上苍。

即使孔子山东再降世,

或者夏禹重生出西羌,

定不会将子才先生唤作今日的狷狂。

自作歌,赠自己,

终究不知千秋万代后,

我与李白、杜甫、韩愈、苏轼之间,

高低上下怎估量?

挥毫大字写满纸,

请教先生你蒙庄。

夜过瓜洲

乾隆二十四年(1759),作者因事去扬州,途经瓜洲时写了这首诗。诗中描写了秋天明月映照下的江上景致,抒发了一种风流潇洒的情怀。瓜洲在今江苏扬州市南。

霜雁一声语,　烟江两岸秋。
芦花三十里,　吹雪满船头。
我欲乘潮去,　孤帆夜不收。
苍茫云树外,　明月出瓜洲。

翻译

长空雁叫清露凝霜夜,
满江生雾两岸一片秋。
飘飘芦花绵延三十里,
似吹白雪堆积满船头。
我要连夜乘这江潮去,
一片帆儿挂起再不收。
只见朦胧云雾林树外,
一轮明月升起在瓜洲。

自嘲

　　这是一首述志诗,作于乾隆二十六年(1761)。它正话反说,以自我嘲讽的形式写自己留恋山水,有官不做,抱着匡时济世的才能而只能"强"作诗人,表现了作者的自负和才能无法施展的不遇之感。

小眠斋里苦吟身①,才过中年老亦新②。
偶恋云山忘故土,　竟同猿鸟结芳邻③。
有官不仕偏寻乐,　无子为名又买春④。
自笑匡时好才调⑤,被天强派作诗人。

① 小眠斋:随园里的书斋。苦吟身:诗人自称。唐贾岛《三月晦日寄刘评事》:"三月正当三十日,风光别我苦吟身。"后常以"苦吟身"代指诗人。苦吟:反复吟诵,推敲诗句。　② 老亦新:指年龄已接近老年。时作者四十六岁。　③ "偶恋"二句:指定居随园。　④ 买春:指纳妾。　⑤ 匡时:挽救时局。才调:才气,才能。

翻译

　　小眠斋里我这个苦吟人,

中年刚过说老却还年纪轻。
偶尔贪恋山水便已忘故乡，
竟和猿鸟相伴结为友好邻。
有官不做偏要寻欢乐，
原是纳妾还以无子为名。
可笑枉有救时济世好才调，
却被老天爷糊里糊涂硬派作诗人。

舟近钱塘望西湖山色因感旧游

乾隆二十七年(1762),袁枚由南京回家乡杭州为其祖母扫墓。由于久别家乡,因而这次回乡,心情激动,写了这首诗。诗中抒写他旅船临近家乡时的复杂心情,又熟悉又陌生,又亲切又怯情,无限感慨,发自性灵,真实动人。

久客还乡夜不眠,　　望乡长自立帆前。
一痕山送西湖色,　　万种情深故国天[①]。
旧宅萧条伤往事,　　此身生长记华年。
遥青已接还遮住[②],　　可是苏堤几点烟[③]?

[①] 故国:故乡。　[②] 遥青:远处的绿色。　[③] 苏堤:在杭州西湖,是宋代苏轼任杭州太守时所筑。

翻译

久居外地今日还乡夜晚实难眠,
遥望家乡心潮起伏久久立帆前。

一脉远山蜿蜒向前紧连西湖水,
万种柔情萦绕于胸思念家乡天。
感伤旧居一片萧条历历念往事,
时光易逝美好年华刻刻都怀念。
远处青色一片忽又被遮住,
那可是苏堤上丛丛杨柳烟?

舟近钱塘望西湖山色因感旧游

闻香庭宰正阳再以诗寄

香庭(也作香亭),即袁树,是袁枚叔父袁鸿之子,和袁枚关系甚洽。乾隆二十七年(1762),袁树在京兆中举,第二年殿试落第,袁枚都曾作诗以寄,或贺或慰。落第后袁树出任河南正阳县令,袁枚写了此诗寄他。这首诗主要写诗人任溧水县令时其父亲特意入境私访,听到处处贤声流播,因而极为高兴之事。但诗意并不在于夸耀自己,而是希望堂弟也能做一个造福于百姓的贤官。全诗明白如话,像拉家常一样,娓娓道来,倍觉亲切。

我昔知溧水①,阿爷客桂林。得信买舟归,慰我迎养心。虑我年尚少,居官力不任。入境带草冠,貌作路过叟。召集翁若妪②,问某官贤否。曰是翰林耶,年才廿八九。折狱最聪强③,居心颇慈厚。一村复一村,好字不离口。爷闻不易服,骑驴直上堂。举家不及知,错愕争扶将④。我既失远迎,长跽心惊惶⑤。谁知爷喜甚,即序此因由。道汝能循良⑥,较胜罗珍羞⑦。是夕便加餐⑧,睠然笑不休⑨。我生愧孝行,嗛嗛常自

嗟⑩。只有者番事⑪，差足慰些些⑫。汝今复作令，努力为民爹⑬。须防微服来⑭，阿兄如阿爷。

---

① "我昔"句：袁枚因满文考在下等，乾隆七年(1742)由翰林院庶吉士改官江南溧水县令。参《子才子歌示庄念农》诗注。 ② 姁(yù)：老妇。 ③ 折狱：断狱，断案。 ④ 错愕：惊讶，惊愕。扶将：扶。 ⑤ 跽(jì)：跪。 ⑥ 循良：奉公守法。 ⑦ 罗：排列，罗列。珍羞：珍贵美味的食物。羞：同"馐"。 ⑧ 加餐：多进饮食，常用作劝人保重身体之语。语出《古诗十九首》。 ⑨ 眷(quán)然：笑而见齿的样子，形容高兴。 ⑩ 嗛嗛(qiàn)：不足。 ⑪ 者番：这番，这回。 ⑫ 些些：少许，一点点。 ⑬ 为民爹：为民父。旧称地方官为父母官。 ⑭ 微服：为隐蔽身份而更换平民服装，使人不识。

翻译

记得从前我任溧水令，
父亲当时正作客桂林。
得到消息立刻乘船归，
使我得尽迎养父母心。
父亲担心我还太年轻，
做官只怕我会难胜任。
进入县境特意戴草帽，

俨然装作过路一老叟。
叫来百姓老翁和老妇,
问道县令是贤还是否。
父老都说县官是翰林,
年纪刚刚才有廿八九。
判狱断案官中可算强,
为官心地实在是宽厚。
父亲访过一村又一村,
只听百姓好字不离口。
父亲听了也不换衣裳,
骑着驴儿直接上厅堂。
全家不知父亲忽然来,
惊讶欢喜赶紧来扶将。
我既失礼未能去远迎,
长跪在地心中觉惊惶。
谁知父亲满面喜洋洋,
跟我说起其中之情由:
"都说你能守法做好官,
这便胜过满桌摆珍羞。"
这晚吃饭远比平时多,
心中高兴老是笑不休。
我这一生惭愧少孝行,

报恩太少心中常自叹。
自想只有今日这件事,
还算勉强可以安慰一点点。
可喜如今你也做县令,
劝你努力为民之父母;
必须提防改装来私访,
老哥我也像父亲那样。

闻香庭宰正阳再以诗寄

刀

　　这首咏物诗的妙处,不仅在于抓住所咏物的特征,用形象的比喻生动描写了刀的锋利,还深刻指出刀的作用完全取决于人们如何使用它。诗末故意留下一个问题:诗人将用刀来干什么呢?但却不作回答,要刀也是要读者来猜,耐人寻味,也增添了诗味。

出匣一条水[①],　寒光射眼来。
非关报仇事,　　生就杀人才。
斜月当空冷,　　秋莲带雪开。
他年用君处[②],　含笑请君猜。

[①]"出匣"句:喻刀的明亮。唐刘叉《姚秀才爱予小剑因赠》:"一条万古水,向我胸中流。"　[②]君:指称刀。

翻译

抽出鞘来明如一条水,
凛凛刀光四射照眼来。

并非只有报仇是能事，
天生就是这般杀人才。
就像斜月当空倍觉冷，
又如秋天白莲带雪开。
他年哪里才是用他处，
含笑不语请你猜一猜。

步山下作

这首诗即景寄兴,借风散闲云抒发不获知遇的感慨。自然平淡,清新有味,耐人寻味。

暑退风清步竹林,荷花枝上结层阴。
怜他吹散闲云影,曾抱为霖一片心。

翻译

炎热消退,清风阵阵,
　我漫步在竹林,
荷花枝上,行云层层,
　天色一时似阴。
可惜这一阵清风,
　吹散了行云闲淡光景,
可知那层层行云,
　也曾抱一片降雨之心。

同梅岑送似村渡江同宿浦口别后却寄①

袁枚和尹似村称得上是忘年交。结识多年之后,尹似村突然要随父亲进京,同时也要回去参加乡试,这突如其来的分别,引起了诗人难以形容的伤感。他登舟送过长江,晚上又同宿客店。一夜话别,只恨时光过得太快。天色放亮,既想多留住一会,又怕耽误了好友赶路,复杂的心情描写得细腻而真实。这首诗用的是寻常语,写的是寻常事,表现了主人公不寻常的心理,写出了不寻常的诗味,堪称绝妙的"性灵"诗。

① 梅岑:生平不详。似村:尹似村,清文华殿大学士尹继善之子,父子都与袁枚交往甚深。浦口:在长江北岸,今属江苏南京市。

送别到江尽,过江别更难。 我不解此苦,摇桨登木兰①。 愔愔梅岑子②,与我同舟去。 三人野店眠,缠绵到天曙。 不愿留君驾,只愿留长夜。 长夜永不明,君从何处行? 鸡声忽喔喔,喂马闻僮仆。 僮仆虑人恼,诡言天尚早。 恰恐行太迟,前途旅店稀。 忍心劝君走③,登车重握手。 此手终要分,两泪徒缤纷。 君行泪不收,我归泪

更流。 脉脉复登舟,满江春水愁。

---

① 木兰:即木兰舟,对船的美称。　② 愔愔(yīn):和悦安闲的样子。
③ 忍心:狠心,硬着心肠。

翻译

依依送到江边道路尽,
送过江后分别更为难。
我还不知别离滋味苦,
依然摇桨登上木兰船。
安雅娴静是那梅岑子,
和我同船眷眷送行去。
三人同宿荒郊野店中,
倾诉离情不觉到天明。
并不奢望留你不离去,
只愿能够留住这长夜。
长夜如果永不到天明,
你又能够去向哪里行?
忽然鸡叫声儿响喔喔,
僮仆喂马真是起得早。
僮仆也知主人怕分离,

谎称天光实在还很早。
心中只怕旅途行太迟，
前面路上客店少而稀；
硬起心肠劝你上路走，
登上车儿紧紧握住手。
手握再久终究要分开，
两行热泪纷纷落下来。
你上路去眼泪收不住，
我自归来眼泪更长流。
情意绵绵惆怅登归舟，
满江春水荡漾都是愁。

同梅岑送似村渡江同宿浦口别后却寄

苔

这首咏物小诗生动表现了青苔生长的特性,咏叹它受本性和境遇的种种限制。富于情趣,饶有意蕴。

各有心情在,随渠爱暖凉①。
青苔问红叶:何物是斜阳?

---

① 渠:他,它。此泛指各种生物。

翻译

万物各自心情不一样,
它们各自爱暖或喜凉。
青苔心中好奇问红叶:
世上什么东西叫斜阳?

晚菊和蔗泉观察韵(选一)

此诗作于乾隆三十八年(1773)九月,共两首,这是第一首。蔗泉即熊蔗泉,是袁枚好友。"观察"是清代对道员的尊称。熊蔗泉为州府属官,所以尊称"观察"。诗中以晚菊喻熊蔗泉,自况陶渊明,歌颂菊花不赶时节,耐寒晚开,保持晚节芳香的品质,同时也表现了菊花的孤寂清冷,以及自己的清高情怀,蕴含着深挚的知己情谊。

千红万紫尽飘流, 开到寒花岁已周①。
晚节不嫌知己少②, 香心如为故人留。
影摇落叶东篱短③, 帘卷西风小室幽。
白发渊明谁作伴④? 一枝黄雪满庭秋⑤。

---

① 周:全,完。 ② 晚节:年晚的节气,双关晚年的节操。下句"香心"也是双关菊花和熊蔗泉。 ③ "影摇"二句:双关形容晚菊和熊蔗泉的境遇。"东篱"原出陶渊明《饮酒》"采菊东篱下,悠然见南山",这两句化用宋代李清照《醉花阴》:"东篱把酒黄昏后,有暗香盈袖。莫道不销魂,帘卷西风,人比黄花瘦。" ④ 白发渊明:这是诗人以弃官归隐的陶渊明自喻。 ⑤ 一枝黄雪:指黄色菊花。

翻译

万紫千红百花凋谢都飘流,
耐寒菊花开时一岁已将过。
晚暮节气不会抱憾知己少,
清香心思好像都为故人留。
风吹影摇落叶只觉东篱短,
西风卷起珠帘更见小室幽。
斑斑白发归隐谁来与我伴?
一枝黄花映出满庭都是秋。

箴作诗者

此诗作于乾隆三十八年(1773),时袁枚五十八岁。在诗中,作者凭自己多年的诗歌实践经验,以古人的实际例子告诫作诗者:作诗并不一定要追求诗思敏捷,下笔立就。俗话说:慢工出细活,细细推敲、精心构思,作出来的诗歌也许会更好一些。同时还告诫作诗者,作诗并无捷径可走,只有勤学苦练,才能慢慢掌握作诗的窍门,写出好诗来。

这首诗体现了袁枚的诗歌主张。与袁枚同时代以及后代的文人往往批评他的诗歌过于率易或流于浮滑,而从这首诗中,我们可以看到他诗歌的另一个方面。

倚马休夸速藻佳①,相如终竟压邹、枚②。
物须见少方为贵, 诗到能迟转是才。
清角声高非易奏③,优昙花好不轻开④。
须知极乐神仙境⑤,修炼多从苦处来。

---

① 倚马:《世说新语·文学》载,晋桓温北征,袁宏倚在马前草拟文告,顷刻成七纸。后称文思敏捷为"倚马才"。 ② 相如:司马相如。

邹：邹阳。枚：枚乘。三人都是汉代著名文学家。据史籍载，邹、枚文思极为敏捷，而司马相如文思则比较迟缓，《文心雕龙·神思》说"相如含笔而腐毫"，但往往成篇的都是杰作。 ③ 清角：古乐曲名，是高雅的曲调，汉王充《论衡》中说它可能是《阳春白雪》的异名。 ④ 优昙：梵语。"优昙花"俗称昙花，无花果树的一种，亦译作"瑞应"或"祥瑞花"。 ⑤ 极乐神仙境：指佛教"极乐世界"，据说是阿弥陀佛建立的佛界净土，"无有众苦，但受诸乐，故名极乐"（《阿弥陀经》）。这里喻指诗歌创作的最高境界。这两句是以佛教徒修行比喻诗歌学习。

翻译

作诗神速别夸文思快，
相如文采毕竟盖邹、枚。
东西稀少才是极珍贵，
作诗能慢反倒显真才。
清角之乐高雅不易奏，
昙花绝美却不轻易开。
要知极乐神仙的境界，
修炼功夫多从苦处来。

偶触

此诗约写于乾隆四十一年(1776)。诗人在这首诗中描写了自己偶尔被外界因素触发的心绪,生动表现了深沉的忧伤情绪,和对于个性被束缚的含蓄反抗。

偶触危机黯自伤[①],白头无语立斜阳。
可能野谷空山里[②],禁住梅花不要香?

---

① 危机:危险发生的由头。黯:神色沮丧。　② 可能:能不能。

翻译

偶尔触动危机暗自把心伤,
头发花白独立无语对斜阳。
能不能在那空山野谷里,
让那梅花开放不要这般香?

梅

　　这首小诗约作于乾隆四十三年(1778)。诗中描写梅花的身姿、色泽,传达出她的超逸风神,实际上也是作者的自我写照。

正月东风柳未芽,　一庭梅影雪横斜①。
重他身分缘何事②?　只为能开冷处花。

---

① 雪横斜:花色洁白,姿态倾斜。宋代林逋《山园梅》:"疏影横斜水清浅,暗香浮动月黄昏。"　② 缘:因为。

翻译

正月里东风初起,
　杨柳还没有发芽。
满庭院梅花倩影,
　雪白的身姿横斜。
这般看重他的身份,

是因为什么缘故？
就是为了她能够，
　　在冷落处境中开花。

湖上杂诗（选三）

《湖上杂诗》共二十一首,乾隆四十四年(1779)作。这年初,袁枚带着儿子再一次回到故乡杭州,游览西湖。"湖上"即指西湖。这一组诗歌咏游览西湖以及旅途一些名胜古迹等时的感受。这里选第三、第八、第二十一首。这三首诗朴实无华,或表现诗人看到某些景物而产生的特有意念,或直接描写西湖的月夜景致。

桃花吹落杳难寻, 人为来迟惜不禁。
我道此来迟更好, 想花心比见花深。

坐看陶庄瀑布飞①, 珠玑吹满芰荷衣②。
痴心欲向山僧说, 水不流还我不归。

春宵知是可怜宵③, 柳下呼舟月下摇。
消受水晶宫世界④, 四更犹有满湖箫。

---

① 陶庄:在今浙江嘉善西北。　② 芰(jì)荷衣:用芰、荷叶裁制的衣

裳。屈原《离骚》:"制芰荷以为衣兮,集芙蓉以为裳。"后用以指隐者的衣服,比喻生活高洁。芰:菱角。 ③可怜:可爱。 ④消受:享受。

翻译

桃花吹落杳然难找寻,
人们为来迟不见懊悔情难禁。
我说迟来一步反更好,
想花的痴情要比见了花儿来得深。

坐看陶庄瀑布湍急泻如飞,
水如珍珠溅满身上芰荷衣。
心中痴情想要对那山中和尚说,
水不倒流回来我就永远不想归。

春宵我知道是可爱的良宵,
柳树下唤出小船月下轻摇。
尽情享受这般水晶宫世界,
四更后仍可听到满湖吹箫。

湖上杂诗(选三)

到石梁观瀑布

石梁瀑布是浙江天台山八景之一。乾隆四十七年(1782),袁枚游闽浙,写了不少歌咏天台山风景的诗歌和游记。这首诗专门描写石梁瀑布,描写了它的气势、形状和声响等,表现了诗人丰富的想象和雄放的笔力。

天风肃肃衣裳飘,人声渐小滩声骄。 知是天台古石桥,一龙独跨山之凹。 高耸脊背横伸腰,其下嵌空走怒涛①。 涛声来从华顶遥②,分为左右瀑两条。 到此收束群流交,五叠六叠势益高,一落千丈声怒号。 如旗如布如狂蛟,非雷非电非笙匏③。 银河飞落青松梢,素车白马云中跑④。 势急欲下石阻挠,回澜怒立猛欲跳。 逢逢布鼓雷门敲⑤,水犀军向皋兰麃⑥。 三千组练挥银刀⑦,四山崖壁齐动摇。 伟哉铜殿造前朝⑧,五百罗汉如相招⑨。 我本钱唐儿弄潮⑩,到此使人意也消。 心花怒放神理超⑪,高枕龙背持其尻⑫。 上视下视行周遭⑬,其奈泠泠雨溅袍⑭。 天风吹人立不牢⑮,北宫虽勇目已逃⑯。 恍如子在齐闻

《韶》⑰，不图为乐如斯妙⑱！得坐一刻胜千朝，安得将身化巨鳌⑲，看他万古长滔滔！

---

① 嵌空：张开空口。　② 华顶：华顶峰，是天台山最高的一座山峰。　③ 笙匏(páo)：即笙，古代所称八音之一。汉应劭《风俗通·声音》："音者，土曰埙，匏曰笙。"　④ 素车白马：用枚乘《七发》"浩浩澶澶，如素车白马帷盖之张"语，描写江涛声势浩大，如素车白马张着帷盖奔驰而来。　⑤ 逢逢(péng)：鼓声。布鼓雷门敲：《汉书·王尊传》："毋持布鼓过雷门。"旧注："雷门，会稽城门也，有大鼓。越击此鼓，声闻洛阳。……布鼓，谓以布为鼓，故无声。"原意讽刺不自量力，妄自炫耀。这里承上"如布"的比喻，是说这个布鼓不同凡响，声音巨大。　⑥ 水犀军：《国语·越语上》："夫差衣水犀之甲者，亿有三千。"这里比喻装备精良的水军。皋兰：在今甘肃兰州北，此处代指边境。这句是说如同吴王夫差的水犀军，挥动银刀，万里鏖战。　⑦ 组练：即组甲被练。古代兵车战士穿丝带缀成的铠甲，步兵穿麻布带缀成的铠甲，总指全副武装的军队。　⑧ 铜殿：佛寺。　⑨ 五百罗汉：佛祖释迦牟尼的五百个常随弟子，拥有佛教最高果位"罗汉"的尊号。　⑩ 钱唐：即钱塘，今浙江杭州市。儿弄潮：弄潮儿。为押韵而倒装。指篙师舵工之类水手。唐代李益《江南曲》："早知潮有信，嫁与弄潮儿。"　⑪ 神理：意识，精神。　⑫ 尻(kāo)：臀部。　⑬ 周遭：四周，周围。　⑭ 泠泠(líng)：形容清凉。　⑮ 天风：高空之风。　⑯ 北宫：古代有勇士，姓北宫，名黝。《孟子·公孙丑上》："北宫黝之养勇(培养勇气)也，不肤挠(肌肤刺破也不退缩)、不目逃

到石梁观瀑布

(眼睛被戳也不眨动),思以一毫挫于人,若挞之于市朝。"这里是说,即使是像北官黝那样的勇士,在此天风飞瀑面前也要骇异。 ⑰《韶》:传说舜所作乐曲名,后人常以韶乐形容尽善尽美、优美动人的音乐。　⑱ 不图:没想到。妙:作者自注曰:"叶"。意思是"妙"字本仄声,这里为了协韵,读作平声。　⑲ 巨鳌:传说中的海中大龟。

翻译

天风呼呼吹得衣裳飘,
人声渐小水滩声喧嚣。
心知这是天台古石桥,
恰似飞龙独跨在山凹。
龙背高耸又横伸着腰,
下面张开空口奔腾是怒涛。
水从华顶峰来路途遥,
一左一右飞瀑分两条。
流到此处水流又相交,
五叠六叠水势更加高,
一落千丈瀑声像怒号。
像旗像布又像是狂蛟,
非雷非电又不像笙鲍。
就像银河飞落青松梢,
白车白马急急云中跑。

水流急下却被石阻挠，
猛然溅起就像往上跳。
咚咚布鼓声向雷门敲，
披甲水军向着皋兰麞。
三千精兵勇猛挥银刀，
四面崖壁声声都动摇。
壮伟铜殿建造于前朝，
五百罗汉好像把手招。
我本钱塘人儿惯弄潮，
到此一观也觉意气消。
心花怒放只觉精神高，
高枕龙背抓住龙的尻。
上看下看到处走一遭，
无奈水淋如雨湿我袍。
天风劲吹山上站不牢，
北宫虽勇眼也不敢瞄。
恍惚就像孔子在听《韶》，
不料音乐竟是这样妙。
坐上一刻胜过一千朝，
怎样能把自己变巨鳌，
看它水流万古长滔滔！

到石梁观瀑布

山行杂咏(选二)

《山行杂咏》六首,乾隆四十七年(1782)作。这是其中的第四、第五首,都是描写山景的。前一首着重描写晴天和雨天时青山的不同状态及其淡青浓绿的可爱颜色,后一首着重描写青山的高峻。

晴山高耸雨山沉, 起爱天晴游爱阴。
一种淡青浓绿处, 王维能画不能吟①。

前峰远望势岧峣②,及到行来客忘劳。
只为白云吹不散, 青天未觉比山高。

① 王维:唐代著名诗人,又是画家,其山水画很著名。 ② 岧峣(tiáo yáo):山势高峻。

翻译

晴天山峰高耸雨天山似沉,
起床喜爱天晴游山又爱阴。

看那山色淡青浓绿处,
即使王维也是能画不能吟。

远看前面山峰高又峭,
等到临近游客忘疲劳。
只因白云朵朵围绕吹不散,
青天丝毫不觉比那峰头高。

山行杂咏(选二)

看山有得作诗示霞裳

　　这首诗是袁枚于乾隆四十七年(1782)游历浙江诸名山途中所作。他的弟子、浙江绍兴秀才刘霞裳曾跟他同游,袁枚写了这首诗给他看。这是一首借山喻文的文论诗,以散文的句式、文论的语言,描写看到的种种山景,阐发了作诗为文的道理。认为诗文应该各具面貌,表现个性;反对诗文千篇一律,摹仿古人。

　　青山若弟兄,比肩相党附①。 恰又耻雷同,各自有家数②。 或以股扇分③,或以琐碎布④。 低者卑侍尊,高者头屡顾。 隐者意深藏,豪者势显露。 间或生奇峰⑤,当空一帜树。 总是气脉联,安排有法度⑥。 从无杂乱皴⑦,贻讥化工误⑧。 所以仁者心,深契非浮慕⑨。 寄语诗文家,于此当有悟。

---

① 党附:结党依附。　② 家数:古代注重师法传授,凡一脉相沿、信守家法者称家数。　③ 股扇:事物分成若干股或若干扇,指事物的一支或一部分。　④ 布:分布。　⑤ 间或:偶尔。　⑥ 法度:法令

制度。此指一定的法则。　⑦皴(cūn)：中国画的一种技法,先用笔勾出轮廓,然后用笔蘸水墨染擦,显示其脉络纹理、凹凸向背等。⑧化工：自然的创造力。　⑨"所以"二句：用《论语·雍也》"智者乐水,仁者乐山"语意,是说仁者爱山是发自由心。深契：内心相合。浮慕：流于表面的敬慕。

翻译

青山看去好像亲兄弟，
肩并着肩座座相依附。
它们耻于彼此都雷同，
姿态不同各自有家数。
有的一股一支到处纵横分，
有的零零星星到处都分布。
低的就像小辈侍长者，
高的正如时时回头顾。
有的像隐士有意要深藏，
有的像富豪特地想显露。
偶尔某处突然生奇峰，
就如一面旗帜当空树。
不管如何气脉都通连，
老天安排真是有法度。
好像图画从不胡乱涂，

看山有得作诗示霞裳

让人笑话老天造物误。
所以仁者内心真爱山,
并非矫情表面相爱慕。
我要奉劝作诗写文者,
看山思艺应当有所悟。

浙东野庙甚多赛会甚盛戏题一绝

作者感慨浙东民间的祭祀活动过滥，写下这首诗，一方面表明了他对宗教迷信活动不以为然的态度，一方面借题发挥，表达了他对那些"人间木偶"反倒能"多福"的不合理现象的不满，将笔锋指向了社会现实。

欹斜野庙遍岩阿①，嘈杂《神弦》唱《九歌》②。
消受香烟管何事③，人间木偶福偏多④。

① 欹(qī)斜：歪斜不正。岩阿：山脚，山角落。　②《神弦》：祭神之歌。《古今乐录》载有《神弦歌十一曲》。《九歌》：《楚辞》中有《九歌》，是屈原根据民间祭歌所作。此泛指祭神歌曲。　③ 香烟：敬神的香火祭供。　④ 人间木偶：双关语，既指泥塑木雕的神像，也指社会上无功受禄，坐享民脂民膏的官僚。

翻译

歪歪斜斜野庙布满深山角落,
嘈嘈杂杂到处唱着祭神之歌。
白白受祭神佛究竟顶什么用,
可叹人间木偶享受福禄偏多。

端阳阻雨文殊院云来遮门一无所见午后小晴步至立雪台望前后海诸山①

乾隆四十八年(1783),作者六十八岁,游览安徽黄山,力攀险峰,写下这首诗。诗中抒写雨天的黄山景致,想象奇特,突出表现了老年人偏爱伛偻似老叟的山峰这种独特而微妙的心理,饶有情趣。

① 文殊院:黄山著名景观,在玉屏峰前,明代徐霞客称之为"黄山绝胜处"。相传明普门和尚梦文殊菩萨端坐石台,和黄山此处风景相合,于是筑文殊院。前后海:黄山云气甚为著名,有前海、后海、东海、西海和天海等五大云海。

端阳开门人世换,不见人形但闻唤。 身入玄黄混沌中①,但闻雨脚声声滴不断。 大风西南来,势若奔万马。 老僧生怕寺飞去,扛取奇峰压屋瓦。 须臾云气重重开,我乃支筇立雪台②,前海后海看崔巍③。 许看不许看,全凭云主张。 趁此云归家,亟亟左右望④。 可惜黄山大,两眼小,万簇青青看不了⑤。 且倚松身当床卧,更折松枝把苔扫。 除却双桃、狮象、玉屏风⑥,只爱伛偻一峰有似老人老⑦。

① 玄黄混沌：指天地初开时的混沌状态。玄黄：黑色和黄色，《易·坤》："夫玄黄者，天地之杂也，天玄而地黄。"后因以指天地。混沌：天地未开辟时的元气状态。　② 支筇（qióng）：撑着拐杖。筇：杖，拐杖。　③ 崔巍：形容山高峻。　④ 亟亟：急急。　⑤ 万簌青青：形容各种树木植物欣欣向荣，郁郁葱葱，此实指长满树木的山峰。"万簌"形容山峰之多。　⑥ "除却"句：此句所提"双桃"等均为黄山景观，黄山玉屏峰前有狮石、象石。　⑦ 伛偻：弯着腰，驼背。

翻译

端阳开门出外忽觉人世换，
山中不见人影只听人叫唤。
好像自己走进天地混沌中，
只听哗哗雨声始终滴不断。
狂风怒号忽从西南吹过来，
汹汹来势就像千万奔腾马。
就如老僧担心寺院吹飞去，
扛来奇山异峰压住屋上瓦。
片刻过后云气层层开，
我撑拐杖站在立雪台，
透过前后云海见山高崔巍。

山景给看不给看,
全听云彩作主张。
趁这时候云儿回了家,
急急忙忙赶快到处望。
可惜黄山这样大,
双眼这样小,
千万座青青之山看不了。
姑且身倚松树当做床来卧,
再折一把松枝把那青苔扫。
除了双桃、狮石、象石、玉屏风,
只爱低头弯腰那座山峰就像老人老。

端阳阻雨文殊院云来遮门一无所见午后小晴步至立雪台望前后海诸山

悼松

诗人痛惜黄山的奇松惨遭砍伐,痛惜被砍的松树竟被当做木柴,因而写了这首诗。诗中表达了自己想加以保护而又无能为力的痛苦心情,体现了他对自然万物的热爱,也含蓄地表现了他对人才遭戕害的忧虑和不满。

黄山之松世少伍①,不在高长在奇古。 根未离地身已曲,性似畏天头早俯。 森布俨同华盖张②,崛强惯从石缝吐。 不阶尺土真英雄③,接引游人类佛祖④。 扰龙破石菩团名⑤,载入诗歌画入谱。 一朝人力少周防,甘受樵夫斤与斧。 拉杂摧烧渐渐空⑥,八九依稀存二五。 奇峰不见瘦蛟蟠⑦,绝巘空余弱草舞⑧。 老僧膜拜力难救⑨,青山无言色惨沮⑩。 果为梁栋支明堂⑪,松纵受戕心亦许⑫。 其如当作腐草看,半入煤蓬炊瓦釜。 古来劫数总皆然⑬,万事原非天作主。 车鞭骏马背负盐⑭,盘烝美人头作脯⑮。 世充书卷尽沉河⑯,阿房一炬偏遭楚⑰。 可怜松亦与之同,带露含霜变灰土,我欲上表通天台⑱,玉皇敕下群官府⑲。

栽培保护三千年,或者奇松还再补。 河清可俟人寿难[20],独对荒山泪如雨。

---

① 伍:什伍,这里是同列的意思。 ② 森布:密布。华盖:华美的车盖。 ③ 阶:凭借。 ④ 佛祖:佛教的祖师,即释迦牟尼。 ⑤ "扰龙"句:此句指黄山松树的各种名称。扰龙:驯养龙。传说夏代刘累学扰龙于豢龙氏。菩团:也作"蒲团",蒲草编织的圆垫,供僧人坐禅或僧俗跪拜时用。 ⑥ 拉杂摧烧:毁坏掉,语出汉乐府《有所思》。拉:折断。杂:碎。"拉杂"即折碎。摧:毁。 ⑦ 蟠:盘伏。 ⑧ 绝巘(yǎn):陡峭的山峰。 ⑨ 膜拜:合掌加额,伏地跪拜,表示虔心。 ⑩ 惨阻:同"惨沮",伤心丧气。 ⑪ 明堂:古代帝王宣明政教的地方,凡是朝会、祭祀、庆赏、选士、养老、教学等大典都在此举行。 ⑫ 戕(qiāng):害。 ⑬ 劫数:灾难。 ⑭ "车鞭"句:骏马受鞭打拉盐车,喻贤才屈居贱役。《战国策·楚策四》:"夫骥之齿至矣,服盐车而上太行。" ⑮ "盘烝"句:比喻糟蹋好东西。烝:同"蒸"。脯(fǔ):肉脯,干肉。 ⑯ "世充"句:王世充,字行满。隋末兵乱,隋炀帝死,他趁机自立为郑王,后又称帝。据《隋书·经籍志》载,唐武德五年(622)他兵败被杀,朝廷尽收其图书、古迹等,命司农少卿宋遵贵用船运去京师,中途十之八九都漂没于黄河中。 ⑰ 阿房:秦代宫殿名。偏遭楚:指阿房宫被西楚霸王项羽一把火烧尽。 ⑱ 上表:古代臣下向皇上书面言事称上表。通天台:台名,在陕西淳化县西北甘泉山的甘泉宫中,是汉武帝时所建,因其台高而命名。此借指天廷。 ⑲ 玉皇:玉皇大帝。敕:皇帝的命令、诏书之类。

⑳河清：黄河清。因黄河混浊，很少有清的时候，故古人常把河清当作天下太平的祥兆，把天下太平称作"河清海晏"。俟：等待。

翻译

黄山松树世上少与比，
特点不在高大在奇古。
根未离地树身已弯曲，
好像生来怕天头早俯。
枝叶密布就像车盖张，
性情倔强惯从石缝吐。
不靠尺土真可称英雄，
迎接客人就像那佛祖。
或像驯龙破石或有蒲团名，
被人写入诗歌画入那画谱。
一旦松懈人力少防护，
甘心忍受樵夫的刀斧。
砍伐毁坏渐渐山中空，
稀稀拉拉剩下半数无。
奇峰不见青松蛟龙蟠，
绝顶只剩弱草迎风舞。
老僧顶礼膜拜力难救，

青山无言神色很惨楚。
果真作为栋梁撑明堂,
老松即使被伐也心许;
无奈把它当作烂草看,
多半充作柴木烧锅釜。
古来命运注定总如此,
万事原来不由天作主。
鞭打骏马负重拉盐车,
美人之头蒸熟作肉脯。
世充书卷尽数沉黄河,
阿房宫殿遭焚遇项楚。
可怜松树命运正相同,
霜覆雪盖沦落变灰土。
我想上表直达通天台,
请那玉帝下令各官府。
栽培保护直至三千年,
也许奇松可以重新补。
河清可待人要长寿难,
独对荒山泪水流如雨。

哭黄仲则

黄景仁,字汉镛,一字仲则,号鹿菲子,江苏常州人,清代著名诗人。他一生郁郁不得志,年仅三十五岁就在贫病中夭逝。袁枚在诗中对这位天才诗人表示了沉痛的哀悼,既感慨他身世的不幸,又高度评价了他的诗作,情真感人。

仲则名景仁,常州秀才,工诗,七古绝似太白。流落不偶①,年三十余,客死山西②。

叹息清才一代空③, 信来江夏丧黄童④。
多情真个损年少, 好色有谁如《国风》⑤?
半树佛花香易散⑥, 九年仙曲韵难终。
伤心珠玉三千首⑦, 留与人间唱《恼公》⑧。

---

① 不偶:命运不好。 ② 客死山西:乾隆四十八年(1783),黄景仁抱病离京,想去西安投陕西巡抚毕沅,至山西运城病逝。 ③ 清才:指文才。一代空:是说黄景仁去世,这一时代顿觉没有文才。 ④ "信来"句:黄香,字文童,江夏人。博览群书,无不涉猎,京师号曰

"天下无双,江夏黄童"。见《东观汉记》。此以黄香喻黄景仁。江夏:今湖北武汉一带。　⑤"好色"句:用《史记·屈原贾生列传》"《国风》好色而不淫"语。《国风》:指《诗经》中的十五国风。这里用来称赞黄景仁诗歌的成就。　⑥"半树"两句:喻黄景仁的早夭。半树佛花:南宋林景熙《苏小小墓》:"芳魂不肯为黄土,犹幻燕支半树花。"　⑦珠玉:指黄景仁的诗歌。黄景仁现存诗一千一百七十多首,词二百一十多首。　⑧《恼公》:唐李贺有《恼公》诗,用以自嘲。此泛指黄景仁留下的诗作有很多是抒发穷愁不遇、凄怆愤慨情怀的。

翻译

　　仲则名叫景仁,是常州秀才,诗作得很好,七言古诗极像李白。他长期流落异乡,怀才不遇,三十多岁时作客在外死于山西。

叹息一代清丽文才从此告空,
噩耗传来江夏丧失无双黄童。
难道多情真是要损伤青年,
有谁能好色不过分如同《国风》?
半树佛花香气容易消散,
九天仙曲情韵却难告终。
令人伤心的珠玉之词三千多首,
留给人间来歌叹穷愁的《恼公》。

品画

　　这首小诗议论写诗作画的要旨,主张画贵神韵,诗重性情。后两句比喻生动,一语中的。

品画先神韵,论诗重性情。
蛟龙生气尽,不若鼠横行。

翻译

品画先要品神韵,
论诗贵在有性情。
蛟龙倘使精神灭,
倒不如老鼠能横行。

谒张曲江祠

乾隆四十九年(1784),袁枚作岭南之游。路过韶州曲江(今广东韶关市)时,参拜张九龄祠堂,写了这首诗。张九龄,字子寿,韶州曲江人,世称张曲江。唐玄宗时曾任宰相,后为奸臣李林甫排斥。诗中赞叹张九龄受挫后忠心不渝,感慨唐玄宗不纳忠谏,以致国家战乱。

天宝当年事渐非①,　先生进退履危机②。
箧中秋扇恩难忘③,　天际冥鸿翼早飞④。
《金鉴》果教言在耳⑤,玉环何至泪沾衣⑥?
千秋丞相祠堂在,　留与行人拜夕晖⑦。

① 天宝:唐玄宗年号(742—756)。张九龄在开元二十一年(733)起任宰相,二十四年被排挤。李林甫为相后,政事腐败。其事在开元末。这里说"天宝当年",是诗人误记。张九龄死于开元二十八年,未入天宝。　② 进退:进仕退隐,指做官的仕途。履危机:经历着危险。履:踩,踏。　③ 箧中秋扇:扇到秋天即无用,喻被遗弃的人或物。箧:竹箱。恩难忘:旧主之情难舍。此连下句都是化用张九龄罢相后所作《感遇》组诗中的诗意。　④ 冥鸿:高飞的鸿雁。喻见机

早退的隐遁者。　⑤《金鉴》：指张九龄撰《千秋金鉴录》，列历朝兴亡的教训，希望玄宗引以为鉴。　⑥玉环：杨玉环，唐玄宗的贵妃，后缢死于逃蜀途中的马嵬驿。参《马嵬》诗注。　⑦行人：过往之人，这里是诗人自称。夕晖：夕阳。

翻译

唐代天宝年间国事渐变坏，
先生您仕途进退都遇危机。
自比箱中秋扇旧恩终难忘，
不如像那天边鸿雁趁早高高飞。
《金鉴》的忠谏如果真被听进耳，
杨贵妃又何至于自尽泪沾衣！
千秋万代贤相祠堂巍巍在，
留给过路人残阳之下行拜礼。

留别杭州故人(选二)

《留别杭州故人》共四首,这里选的是第三、第四首,是乾隆五十一年(1786)袁枚游历福建后重回家乡杭州时所作。前一首是写祭扫先人坟茔时的心境,以宋代欧阳修在泷岗葬父自比,表现了他远离家乡寄寓别地,因而无法时时祭扫的怅恨;后一首写与杭州故友匆匆一会,又不得不马上分离的惜别深情。两首诗都写得真挚感人。

泷冈阡上草如茵①,欧九时时暗怆神②。
苦为他年谋祭扫,誓同乡里结婚姻③。
新丰鸡犬多相识④,故土枌榆倍觉亲⑤。
可奈西泠无片瓦⑥,九原应恕不归人⑦。

班荆道故日匆匆⑧,顷刻天涯又转蓬⑨。
此会自然非偶尔,他生还要遇诸公。
三千世界花同落⑩,十二因缘事未终⑪。
天意亦怜垂老别⑫,连宵不起挂帆风。

① 泷冈:地名,在江西永丰县南。阡:墓道。宋代欧阳修葬父母于陇冈,并作有名的墓表《泷冈阡表》。茵:席子。　② 欧九:欧阳修,大排行第九。此是自喻。　③ 乡里:乡亲,同乡。　④ 新丰:汉高祖七年,刘邦因父亲思乡,就按家乡丰县格局在陕西临潼东北筑骊邑,并迁来丰县百姓,称新丰。此指家乡。　⑤ 枌榆:指故乡。汉高祖刘邦是丰县枌榆乡人,初起兵时曾祷于枌榆社,后用以代指家乡。 ⑥ 西泠(líng):桥名,是杭州西湖孤山下的名胜。此代指杭州。 ⑦ 九原:地下。参《祭妹文》注。　⑧ 班荆道故:铺荆条于地,坐在上面谈往事,指老友相逢,共叙旧情。　⑨ 转蓬:蓬草到处飘泊,此是自喻。　⑩ 三千世界:佛家用语,也称三千大千世界或大千世界,佛教认为日月所照的天下逐级分为小千世界、中千世界和大千世界。此泛指世界。　⑪ 十二因缘:佛教以无明、行、识、名色、六入、触受、爱、取、有、生、老、死等为十二因缘,或称十二支、十二缘起。⑫ 垂老别:年老时分别。杜甫曾作《垂老别》诗。

翻译

泷冈墓上青草绿如茵,
遥想欧九时时暗伤神。
早知路远不能常祭扫,
当年誓同乡亲结婚姻。
新丰鸡犬大多旧相识,

故乡风光感觉倍加亲。
无奈杭州我已无片瓦,
祖先想应原谅不归人。

重逢叙旧日子太匆匆,
转眼天涯漂泊如转蓬。
老友相聚自然非偶尔,
来生还要相会见诸公。
大千世界花儿一样落,
十二因缘事情未告终。
老天可怜我辈临老别,
几夜不刮行船挂帆风。

留别杭州故人(选二)

遣兴（选二）

《遣兴》二十四首作于乾隆五十六年（1791），都是记诗人的零星感触。这里选第五、第七首，是两首论诗的诗，体现了袁枚的诗歌主张和风格。前一首表明作者作诗求好，不肯率意而成的态度；后一首说明生活即诗的道理，认为只要善于观察、提炼，那么可说无处不是诗，表明了他作诗注重灵感。

爱好由来落笔难①，一诗千改始心安。
阿婆还是初笄女， 头未梳成不许看②。

但肯寻诗便有诗， 灵犀一点是吾师③。
夕阳芳草寻常物， 解用都为绝妙词④。

---

① 爱好：追求好诗。清代赵执信《谈龙录》评同代诗人王士禛、朱彝尊的诗歌曰："朱贪多，王爱好。"说他们作诗一个求多，一个求好。 ②"阿婆"二句：是说写诗如妇人爱美一样，老来仍要梳妆好，才肯见人。初笄（jī）：刚成年，古代女子十五岁行笄礼，称"及笄"，表示已成年。 ③"灵犀"句：以自己的性灵、灵感为师。唐代李商隐《无题》

诗:"心有灵犀一点通。"犀:犀牛角,旧说犀牛角中有白纹如线,贯通两头。 ④ 解用:懂得用,会用。绝妙词:绝妙好词。

翻译

作诗求好从来下笔难,
改而又改才觉心稍安。
就如年老婆婆仍像少女样,
头未梳好不许旁人看。

只要肯去寻求便有诗,
心中灵感一通便是我良师。
夕阳芳草原是平常物,
懂得运用都成绝妙词。

放言三首（选一）

这首小诗富有哲理情趣。"放言"是不受拘束的畅所欲言。诗中云遮青山的景象，引发出青山自在的风姿，含蓄不尽。

云来青山无，云去青山有。
我欲问青山：去来可觉否？

翻译

云来遮住青山好像无，
云去青山露出又重有。
我想冒昧开口问青山：
来来去去您可感觉否？

歌者天然官索诗（选一）

本题为绝句二首,是艺名为天然官的演员请袁枚写的。这是第一首,借"天然官"艺名的涵义,即兴发挥,表现了作者崇尚自然天成的审美倾向。

何必当筵唱《浣纱》①,但呼小字便妍华。
万般物是天然好,　　野卉终胜剪彩花②。

---

① 唱《浣纱》:明戏曲家梁辰鱼有南戏《浣纱记》,写西施的故事;词、曲都有《浣溪沙》曲调。　② 野卉:指野花。剪彩花:指人造的假花。历代文人常喜用"剪彩花"比喻非自然天成的诗文。

翻译

何必听你在筵席上唱《浣纱》,
只要叫你那小名就觉美而华。
天下万物还是任其天然好,
野花终究胜过人造美丽花。

再示儿

　　袁枚曾先有《示儿》诗,告诫儿辈要谨慎处世,宽厚待人。《再示儿》作于嘉庆元年(1796),作者时已八十一岁。袁枚曾有诗对两个儿子不甚勤于诗书表示过担忧和不满,但在这首诗中,则完全从正面着笔,一是赞扬他们在词曲、绘画方面的长处,为其胜过自己而高兴;一是勉励他们要勤于诗书,丝毫也没有加以责备。他还语重心长地告诫嗣子阿通和亲子阿迟要随遇而安,因势制宜,字里行间流露出深厚的父爱。

山上栽花水养鱼,　卅年沈约赋《郊居》①。
书经动笔裁提要②,诗怕随人拾唾余③。
三代文章无考据④,一家人事有乘除⑤。
阿通词曲阿迟画⑥,都替而翁补阙如⑦。

---

①"卅年"句:沈约为南朝文学家,历仕宋齐梁三代,对律诗发展有很大贡献,曾作《郊居赋》。这里以沈约自况,是说自己三十多岁就购置随园,开始郊居。　②裁:意为提炼。　③唾余:唾液之余,指承袭别人的言论。　④"三代"句:作者自注:"考据之学始于东汉。"三

代指夏、商、周。 ⑤乘除:指人或事物的消长盛衰变化。 ⑥阿通:袁枚六十岁无子,所以将堂弟袁树之子作为自己的儿子,取名阿通。阿迟:袁枚子,是六十三岁时妾钟氏所生。 ⑦而:通"尔",你的。阙如:空缺。此句作者自注曰:"余不作词,不能画。"

翻译

山上栽花水里喂养鱼,
三十岁我学沈约赋《郊居》。
读书定要动笔做提要,
做诗就怕随人拾唾余。
三代文章从不搞考据,
一家人事总会消长和变化。
阿通的词曲阿迟的画,
都替你老爹补了空缺。

俗吏篇

这首诗描写作者身为县令时庸俗繁冗的官场生活，从早到晚忙忙碌碌。诗人嘲笑俗吏，自戒不为俗吏，却又不能摆脱官场俗务。因而写了这首诗，生动具体地予以揭露讽刺，嬉笑怒骂，淋漓尽致。

俗吏未必从我始，俗吏当亦从我止。 老母迎养病在衙，有子不见常千里。 为言不见良如何，朝朝五鼓车马驮。 参谒大吏苦迎送①，应答宾客时奔波。 金陵内城六十里，约略一转时光过。 归来但见灯两廊，夕阳同下如牛羊②。 嫡孺崽子拦满道③，牵裾各各陈衷肠④。 但恨长官归来晚，不知长官未餐饭。 忍饥息气排衙坐，欲决不决头屡顾。 既恐稽迟转累民⑤，又恐仓黄事多误⑥。 乱丝抽割将下堂⑦，犹有秀才呈文章。 使君既自翰林出⑧，不加礼貌非循良。 星落更沉风转紧，簿书束束如春笋⑨。 滴墨研朱细讨论⑩，吏胥乘间犹舞文⑪。 回首纷纷幕府进⑫，公事伪张多报信⑬。 岸狱稍宽逸数囚⑭，仓谷逢霉烂一寸。 抽簿共言粮

不足⑮,愿把蒲鞭聊示辱⑯。己从漏尽解衣裳⑰,重整精神任敲扑⑱。倦极酣眠门又响,失火民呼公速往。抽丰宾客太无聊⑲,重叠书来请绝交。仰天大笑卿知否,折腰只为米五斗⑳。何不高歌《归去来》,也学先生种五柳㉑!

---

① 参谒(yè):拜见。谒:进见。大吏:大官。 ②"夕阳"句:用《诗经·君子于役》"日之夕矣,羊牛下来"语意,是说夕阳西下,奔波归来。 ③ 孂(chú)孺:怀孕的孺妇。崽子:小孩。这里是指孤苦无告的百姓。 ④ 裾:衣襟,衣袖。 ⑤ 稽迟:耽搁,延迟。 ⑥ 仓黄:同"仓皇",匆忙。 ⑦ 乱丝抽割:喻从繁杂的事务中理出头绪来。 ⑧ 使君:本指刺史、太守等,此是诗人自指。 ⑨ 簿书:指文书之类。 ⑩ 研朱:磨红色。过去批公文用朱笔。讨论:指琢磨批审公文。 ⑪ 吏胥:官府小吏。舞文:玩弄法令条文以行奸诈。 ⑫ 幕府:原是将军府属僚,这里指清代督抚大官的幕僚。 ⑬ 侜(zhōu)张:欺骗。 ⑭ 岸狱:监狱。逸:逃,逃脱。 ⑮ 抽簿:抽查账簿。 ⑯ 蒲鞭:蒲草做的鞭子,用以象征性地责打有过错的吏民,目的只在示辱,喻刑罚宽仁。《后汉书·刘宽传》:"吏人有过,但用蒲鞭罚之,示辱而已,终不加苦。" ⑰ 漏:古代计时器具。漏尽:夜深。 ⑱ 任:担当。敲扑:打。敲:短杖。扑:戒尺,鞭子。此用作动词。 ⑲ 抽丰:分肥的意思。利用各种关系向人索取财物,称"打抽丰"或"打秋风"。 ⑳ "折腰"句:《晋书·陶渊明传》载,陶渊明曾叹息说:

"吾不能为五斗米折腰,拳拳事乡里小人。"于是挂冠归隐。折腰:弯腰,指恭敬地行礼。五斗米:指下级官员的微薄薪水。 ㉑"何不"两句:陶渊明弃官时作《归去来兮辞》以述志;归隐后,宅旁植五株柳树,作《五柳先生传》,自号为五柳先生。

翻译

俗吏未必从我才开始,
倒是应该到我而为止。
母亲接来奉养病在衙,
儿子不见常如隔千里。
要问不见到底为什么,
天天拂晓车马将我驮。
参拜大官苦于常迎送,
应酬宾客时时要奔波。
金陵内城广有六十里,
稍为一转就已时间过。
回来只见明灯照两廊,
牛羊归圈西天落夕阳。
寡妇幼儿成群拦满道,
牵住衣裳各各诉衷肠。
心中只怨长官回来晚,
不知长官还没吃上饭。

忍住饥饿静心升堂坐,
想判不判时时回头看。
既怕耽搁反而害百姓,
又怕仓促可能会错判。
乱丝理清刚刚要下堂,
又有秀才呈报送文章。
官长既是翰林院出身,
不加礼貌不是好官样。
星落夜深风儿吹得紧,
公文捆捆犹如那春笋。
墨笔朱笔细细来批审,
小吏乘机作弊来舞文。
回头又见幕僚把衙进,
公事欺诳大多报作真。
监狱稍宽逃出几罪犯,
仓库粮食霉烂有一寸。
抽查账簿都说粮不足,
稍加惩罚聊以示耻辱。
更深夜尽才得解衣裳,
重打精神又敲打应付。
倦极酣眠不料门又响,
失火百姓叫官快快往。

打秋风客实在太无聊,
封封信来威胁要绝交。
仰天大笑问道你知否,
俗吏弯腰只为米五斗。
何不高声咏唱《归去来》,
也学渊明先生回乡种五柳!

柳下惠墓

柳下惠,春秋时鲁国大夫,名展禽,字季,食邑柳下,谥惠。据《论语·微子》记载,他任法官时多次被撤职,别人劝他离开鲁国,他说:如果我正直行事,到哪里都一样会被一次次撤职;如果我改变自己,不正直行事,那么在鲁国也不会被撤职,又何必离开自己的国家呢?这首诗是袁枚凭吊柳下惠墓之作,借古讽今,愤世疾俗,觉得人世沧桑,而正直行事依然艰难。

野无青草一抔干[①],牛触荒碑石已残。
万古沧桑都变尽, 依然直道事人难。

[①] 一抔(póu):一捧。后人常用以代指坟墓。抔:用手捧。

翻译

青草不生坟上黄土干,
牛触荒碑墓石已破残。
人世沧桑千秋都变尽,
正直行事如今仍是难。

骊山

骊山在今陕西临潼东南。古代骊戎部族居于此，故名，又名蓝田山。山北有秦始皇墓。作者到骊山，感慨秦始皇及唐玄宗这两位封建帝王的结局，生前豪奢淫乐只如昙花一现，死后却不免寂寥。诗人希望后来的统治者能从中吸取历史教训，不再重演这类历史悲剧。

骊戎之山五里高，古柏苍苍绣绿毛①。下瞰潼城似棋局②，春树高枝青出屋。忆昔始皇初建都，七十二万骊山徒③。百夫运石千夫唱，水银江海黄金凫④。一朝火起咸阳宫⑤，白骨无灵怨牧童⑥。后王不鉴前王失，复道离宫重郁郁⑦。朝元阁下洗花枝⑧，丹凤楼中吹玉笛⑨。可怜鼙鼓动渔阳⑩，白发三郎号上皇⑪。衾枕人亡花寂寞⑫，笙歌梦醒月凄凉。两朝全盛不终朝⑬，身后身前共寂寥。况复千年成故国，几番战血洗寒潮。惆怅人间万事非，青山寒雨鹧鸪飞。秦宫汉殿知何处？指点虚无泪满衣⑭。

① 绣绿毛:形容满山松柏青苍。 ② 瞰(kàn):远望。潼城:指临潼城。 ③"七十二万"句:据《史记·秦始皇本纪》载,秦始皇征发七十余万被判刑的罪奴到骊山营建陵墓。 ④ 凫(fú):鸭野子。 ⑤"一朝"句:秦末刘邦、项羽起义,项羽火烧咸阳,将秦朝阿房宫全部烧光。参《悼松》诗注。 ⑥"白骨"句:《汉书·刘向传》载,秦始皇葬于骊山,后有牧童失羊,羊逃入墓穴中,牧童持火照着找羊,失火将始皇棺椁烧毁。白骨:指秦始皇尸骨。 ⑦ 复道:楼阁间有上下两重通道而架空的称复道。《史记·秦始皇本纪》:"乃令咸阳之旁二百里内,宫观二百七十,复道甬道相连。"离宫:古代帝王在京城以外修建的行宫。郁郁:这里形容宫室之多。 ⑧ 朝元阁:在骊山。唐玄宗天宝七载传说"玄元皇帝"(即老子)降临于朝元阁,故又改名为降圣阁。洗花枝:为花枝洗妆。唐代冯贽《云仙杂记》载,洛阳梨花盛开时,人多携酒其下,曰:为梨花洗妆。这里比喻唐玄宗与杨贵妃宴乐华清宫。 ⑨ 丹凤楼:长安城楼。长安城又称丹凤城。吹玉笛:唐玄宗好音乐歌舞。 ⑩"可怜"句:唐代白居易《长恨歌》:"渔阳鼙鼓动地来,惊破霓裳羽衣曲。"渔阳是安禄山的辖地。后人常以"渔阳鼙鼓"指安史之乱。鼙鼓:骑兵用的小鼓。 ⑪ 白发三郎:唐玄宗为睿宗第三子。安史之乱后,肃宗即位,玄宗被迫退位称太上皇,故称"白发三郎"。 ⑫"衾枕"句:写杨贵妃死后,唐玄宗寂寞情景。白居易《长恨歌》:"鸳鸯瓦冷霜华重,翡翠衾寒谁与共。"参《马嵬》诗注。 ⑬ 两朝:指秦始皇朝和唐玄宗朝。 ⑭ 虚无:虚空之境。此指虚空荒寂的宫殿废址。

翻译

　　骊戎之山足有五里高，
　　古柏青苍遍山长绿毛。
　　俯看临潼就像布棋局，
　　春天树木青葱高过屋。
　　想那秦皇当年刚建都，
　　征发七十二万罪徒修陵墓。
　　万人运载齐把号子唱，
　　水银成河黄金做成凫。
　　一朝项羽火烧阿房宫，
　　白骨无灵怎怨小牧童。
　　前王教训后王不吸取，
　　复道宫室叠叠又重重。
　　朝元阁下为花枝洗妆，
　　丹凤楼中君王吹玉笛。
　　可惜禄山战鼓起渔阳，
　　白发三郎退居太上皇。
　　同衾共枕人死花寂寞，
　　歌舞梦醒只见月凄凉。
　　两朝盛极可惜无善终，

帝王身后寂寥正相同。
何况千年之后故国剩荒郊,
多少次战血洗去那寒潮。
惆怅人间万事都已往,
青山寒雨只见鹧鸪飞。
秦宫汉殿如今又何在?
指点荒冢泪水沾满衣。

散文

俭戒

节俭本是美德,但一旦做过了头,那就变为"凶德"。本文举某尚书自夸节俭、留难泥水匠的妻子,致使她自尽的悲惨事例,尖锐地讽刺、抨击了这位自以为是的官僚的迂执和不通人情及其造成一对新婚夫妇家破人亡的罪过。戒,一种有警戒寓意的文体。

某尚书抚浙①,以俭率下。过三元坊,见圬者妻红褊襹,簪花②,立而目公。公命将某妇诣辕前,驺拥之去③。圬者故新娶也④,号泣从之。伺辕三日,探刺不得信⑤,乃弃其屋,并其妻之屋,得二十金,贿中军⑥。中军为之请,公笑曰:"吾几忘。"引妇之中庭,而高呼夫人。妇瞠视⑦,俄而有蓬首持畚、衣七缝之布从灶觚来者⑧,曰:"此夫人也。"已,公立妇而训之曰:"夫人封一品,服饰如是,汝家圬者,而若是华妆,行见饥寒之将至矣。吾召汝者,以身立教,俾语而夫知也⑨。"饭脱粟而遣之⑩。妇归,已无家矣,乃雉经死⑪。

袁子曰：俭，美德也。自矜其俭，便为凶德。蓼虫食苦而甘⑫，彼自甘之，与人无与也。必欲率天下人而为蓼虫，悖矣！尚书亟表己之俭，故并戟辕之尊且严而亦忘之⑬。有所矜乎此者，必有所蔽乎彼也，故曰："克己之谓仁⑭。"

---

① 抚浙：任浙江巡抚。　② 圬者：泥水匠。红祴(gé)黼(fǔ)：红色绣花衣。簪(zān)花：戴着花。　③ 驺(zōu)：侍从。　④ 故：通"固"，本来。　⑤ 探刺：打听，刺探。　⑥ 中军：清代军队中的官名，即副将。　⑦ 瞠(chēng)视：瞪着眼睛看，形容期待的神态。　⑧ 七缕之布：纺织稀疏的布，指粗布。灶觚(gū)：灶口平地突出处，指灶下。　⑨ 俾：使。　⑩ 脱粟：粗粮、糙米。　⑪ 雒经：自缢。"雒"为"绺"的假借。即以绳自缢。　⑫ 蓼虫：是寄生于蓼草的一种昆虫，爱吃苦辛的东西，吃甜美的食物反而不适。　⑬ 戟辕：指巡抚衙门。戟：戟门，指显贵之家。辕：辕门，指军营之门，后地方高级官署门旁以木栅围护，也称辕门。　⑭ 克己之谓仁：能克制约束自己就叫做仁。《论语·颜渊》："克己复礼为仁。"

翻译

　　某尚书任浙江巡抚，以俭朴督率部下。一天经过三元坊，看见一个泥水匠的妻子穿着红色绣花衣，头上戴着花，站在那里看着他。尚书命令带她到衙门去,侍从们簇拥着她走了。

泥水匠本是新娶妻,哭喊着跟了去,守候在衙门前三天,没有探听到消息。于是卖去自己和妻子的房子,得二十两银子,拿来贿赂中军。中军代泥水匠求情,尚书笑着说:"我几乎忘了。"将泥水匠妻子领到庭中,而高喊夫人。泥水匠的妻子瞪眼看着,一会儿有一个妇人蓬着头,手拿畚箕,穿着粗布衣服从灶下出来。尚书说:"这就是夫人。"然后,尚书让泥水匠妻子站着,训诫她说:"夫人封为一品,穿着打扮不过如此,你家是泥水匠,却穿着这样华丽的衣服,眼看饥寒就要来了!我叫你来,以我自己的行动教诲你,让你告诉你丈夫知道。"给她吃了一顿糙米饭后放了她。泥水匠妻子回去,却已没有家了,便上吊而死。

袁先生说:俭朴是美德。但如果自我夸耀俭朴,就成了恶德。蓼虫把苦的当作甜的吃,是它自己觉得甜,跟别人无关。一定要让天下人都像蓼虫一样以苦为甜,就荒谬了。尚书竭力表现自己的俭朴,所以连官员的自尊和威严都忘记了。在这方面自矜自傲,必然在那方面有所缺陷。所以说:"克制自己就叫做仁。"

书鲁亮侪

这是一篇记人物事迹的散文。鲁之裕,字亮侪,湖北麻城人,当时任清河道道员,官至布政使。本文集中描写了鲁亮侪奉命摘中牟县令印,最后却甘愿承担抗命的罪责,奋力保全了百姓爱戴的李县令。作者以小说笔法,通过生动的细节描写,刻画了鲁亮侪正直无私、敢作敢为的卓异性格,形象鲜明,栩栩如生。文中还成功地刻画了如田文镜、李县令等几个次要人物的性格。

己未冬①,余谒孙文定公于保定制府②。坐甫定,阍启:"清河道鲁之裕白事③。"余避东厢,窥伟丈夫,年七十许,高眶大颡④,白须彪彪然⑤,口析水利数万言。心异之,不能忘。

后二十年,鲁公卒已久。予奠于白下沈氏⑥,纵论至于鲁。坐客葛闻桥先生曰⑦:鲁字亮侪,奇男子也。田文镜督河南严,提、镇、司、道以下⑧,受署唯谨,无游目视者⑨。鲁效力麾下。一日,命摘中牟李令印,即摄中牟⑩。鲁为微行,大布之衣⑪,草冠,骑驴入境。父老数百扶而道苦之，再拜，问讯曰："闻有鲁公来代吾令，客在开封，知否？"鲁谩曰⑫："若问云何？"曰："吾令贤，不忍其去故也。"又数里，见儒衣冠者簇簇然谋曰⑬："好官去可惜，伺鲁公来，盍诉之⑭？"或摇手曰："咄！田督有令，虽十鲁公奚能为？且鲁方取其官而代之，宁肯舍己从人耶？"鲁心敬之而无言。

至县，见李貌温温奇雅，揖鲁入曰："印待公久矣。"鲁拱手曰："观公状貌被服，非豪纵者，且贤称噪于士民，甫下车而库亏⑮，何耶？"李曰："某滇南万里外人也，别母游京师十年，得中牟。借俸迎母，母至被劾⑯，命也。"言未毕，泣。鲁曰："吾暍甚⑰，具汤浴我。"径诣别室，且浴且思，意不能无动。良久，击盆水誓曰："依凡而行者，非夫也！"具衣冠辞李。李大惊曰："公何之？"曰："之省。"与之印，不受。强之，曰："毋累公。"鲁掷印铿然，厉声曰："君非知鲁亮侪者！"竟怒马驰去⑱，合邑士民焚香送之。

至省，先谒两司，告之故。皆曰："汝病丧心耶！以若所为，他督抚犹不可，况田公耶！"明早诣辕,则两司先在。名纸未投,合辕传呼鲁令入。田公南向坐,面铁色,盛气迎之,旁列司、道以下文武十余人,睨鲁曰:"汝不理县事而来,何也?"曰:"有所启。"曰:"印何在?"曰:"在中牟。"曰:"交何人?"曰:"李令。"田公干笑,左右顾曰:"天下摘印者,宁有是耶?"皆曰:"无之。"两司起立谢曰:"某等教敕亡素⑲,致有狂悖之员。请公并劾鲁,付某等严讯朋党情弊,以惩余官。"鲁免冠前叩首,大言曰:"固也,待裕言之!裕一寒士,以求官故来河南,得官中牟,喜甚,恨不连夜排衙视事。不意入境时,李令之民心如是,士心如是;见其人,知亏帑故又如是⑳。若明公已知其然而令裕往,裕沽名誉,空手归,裕之罪也;若明公未知其然而令裕往,裕归陈明,请公意旨,庶不负大君子爱才之心与圣上孝治天下之意。公若以为无可哀怜,则裕再往取印未迟。不然,公辕外官数十,皆求印不得者也。裕何人,敢逆公意耶?"田公默然。两司目之退。鲁不谢,走出至屋霤外㉑。田公变色,下阶呼曰:"来。"鲁入跪。又招曰:"前。"取所戴珊瑚冠覆鲁头㉒,叹曰:"奇男子,此冠宜汝戴也。微汝㉓,吾几误劾贤员。但疏去矣㉔,奈何?"鲁曰:"几日?"曰:"五日,快马不能追也。"鲁曰:"公有恩,裕能追之。裕少时能日行三百里,公果欲追疏,请赐契箭一枝以为信㉕。"公许之,遂行。五日而疏还,中牟令竟无恙。以此,鲁名闻天下。

先是,亮侪父某为广东提督,与三藩要盟㉖,亮侪年七岁,为质子于吴㉗。吴王坐朝,亮侪黄袷衫,戴貂蝉侍侧㉘。年少豪甚,读书毕,日与吴王帐下健儿学嬴越勾卒、掷涂赌跳之法㉙,故武艺尤绝人云。

① 己未:乾隆四年(1739)。 ② 孙文定公:孙嘉淦,字锡公、懿斋,山西太原人。官至吏部尚书、协办大学士,谥号文定。当时任直隶总督。制府:制台衙门。制台是总督的别称。 ③ 阍(hūn):看门人。道:道员,官名。白事:报告事情。 ④ 眶:眼眶。颡(sǎng):额头。 ⑤ 彪彪然:很神气的样子。 ⑥ 白下:南京旧称白下。⑦ 葛闻桥:葛祖亮,字闻桥,江宁(今南京市)人。曾官吏部主事。⑧ 提:提督。镇:总兵,俗称镇军。司:布政使和按察使并称两司,下文"两司"即指此。道:道员。 ⑨ 游目视:东张西望,随便观看,喻马虎随便。 ⑩ 摄:代理。中牟:今属河南。 ⑪ 大布:粗布。

⑫ 谩:通"漫",随便。　⑬ 簇簇然:聚集在一起的样子。　⑭ 盍:何不。　⑮ 下车:事情刚开头,后常指新官刚到任。　⑯ 劾:参劾,检举。　⑰ 喝(yē):受热。　⑱ 怒:奋力。　⑲ 教敕亡素:平时缺少管教。亡:无。素:平常,平素。　⑳ 帑(tǎng):指国库中的钱财。㉑ 屋霤(liù):屋檐。霤:屋檐滴水处。　㉒ 珊瑚冠:清代二品文官的朝冠,帽珠为起花珊瑚。　㉓ 微:没有。　㉔ 疏:古代向皇帝陈述政见的书面报告称疏或表。　㉕ 契箭:当符契用的箭,指令箭。㉖ 三藩:清代封明降将耿仲明为靖南王、尚可喜为平南王、吴三桂为平西王,称三藩。后三藩势力日大,康熙帝下令削藩,三藩先后反叛,最终被平定,史称"三藩之乱"。　㉗ 质子:人质。古时缔结盟约,常将王子、世子等派往对方作为人质,所以称为质子。　㉘ 貂蝉:古代武官和侍从官戴的帽子,又名笼巾,上缀玳瑁蝉,插貂尾。㉙ 嬴越勾卒:秦国、越国的兵法,泛指兵法,语出唐韩愈《曹成王碑》。嬴:秦姓嬴,指秦国。越:春秋战国时的越国。勾卒:兵法。掷涂赌跳:投掷泥土、跳跃之类的游戏,语出《南史·齐废帝郁林王纪》,这里泛指技艺。

翻译

　　乾隆四年冬天,我在保定总督衙门拜见孙文定公。刚坐下,门房报告:"清河道员鲁之裕来报告公事。"我在东厢房回避,窥见是个高大汉子,七十多岁,高眼眶,宽额头,白胡子很神气,随口分析水利问题数万言。心里感到惊异,因此不能忘记。

二十年后，鲁大人早已故去。我在金陵沈家吊丧，谈天中说到了他。座中客人葛闻桥先生说：鲁先生字亮侪，是个奇男子。田文镜任河南总督时非常严厉，提督、总兵、藩司、臬司、道员以下各级官吏，办事都很谨慎，没有敢马虎随便的。鲁亮侪也在他手下。一天，田文镜命令他去摘中牟县李县令的官印，并代任县令。鲁亮侪扮为平民前往，身穿粗布衣服，戴着草帽，骑驴到了中牟县境内。有几百个老人搀扶着等在路上，慰问旅途辛苦，再三施礼，询问道："听说有位鲁大人来代替我们县令，暂住在开封，知不知道？"鲁亮侪随口问道："为什么问这个？"老人们说："因为我们的县令贤明，舍不得他丢官啊。"又走了几里路，见一些穿读书人衣服的聚在一起商量道："好官罢掉可惜，等鲁大人来了，何不申诉一下？"有人摇摇手说："哼！田总督有命令，即使有十个鲁大人又能怎么样？何况鲁大人正是来接替李县令官职的，哪里肯牺牲自己而成全别人呢？"鲁亮侪心里对李县令很敬佩，但没有说话。

到了县衙，见李县令相貌十分温和文雅。他把鲁亮侪请进去，说："官印等阁下来接已很久了。"鲁亮侪拱手说："我看大人相貌服饰，不是豪奢放纵的人，况且贤能的名声在读书人和老百姓中很大，刚上任库中就亏空，这是什么原因呢？"李县令说："我是万里以外的云南南部人，离别母亲到京城求官，十年才得到中牟县令官职。借了薪俸去接母亲，母亲刚到就被弹劾，这是命啊。"话未说完就落了泪。鲁亮侪说："我热得难受，给我热水洗个澡。"径直走到别的房中，一面洗澡，一面思绪翻腾，心中不能不被感动。过了好久，他击打着澡盆中的水发誓说："按常规办事的，就不是大丈夫！"于是穿戴好衣帽，向李县令告辞。李县令大惊说："您到哪里去？"鲁亮侪说："去省里。"李县令把官印给他，他不肯接受。李县令硬要他收下，说："不要连累了您。"鲁亮侪"砰"地一声掷掉官印，厉声说："您不了解我鲁亮侪！"策马飞奔而去，全城的百姓都烧香送他。

到了省里，先拜见两司长官，汇报了事情的缘由。两司长官都说："你精神失常了！以你这样的做法，别的总督、巡抚尚且不会允许，何况是田大人呢！"第二天早上，鲁亮侪到总督衙门，两司长官已先到了。名片还没有投上去，整个衙门里就传呼鲁亮侪进去。田大人朝南而坐，铁青着脸，满含怒气等着他，旁边排列着司、道以下的文武官员十几人。田文镜斜视着鲁亮侪说："你不办县里的公事，到这儿来干什么？"鲁亮侪说："有事报告。"田文镜说："官印在哪里？"鲁亮侪说："在中牟县。"又问："交给哪个了？"答道："李县令。"田文镜冷笑着，看看左右的人说："天底下去摘官印的人，竟能有这样的吗？"都说："没有。"两司长官站起来请罪道："我们平时管教不严，所以有这样狂妄不懂道理的属员，请大人一并弹劾鲁亮侪，交给我们严厉审讯他的同党私情，以警戒其余的官员。"鲁亮侪脱下帽子上前叩头，大声说："这是理所当然的，不过等我说一说情由！我鲁之裕本是个贫寒的读书人，为了求官来到河南，能做中牟县令，非常高兴，恨不得连夜升堂问事。想不到走入中牟县境时，就知道李县令是这样得民心，这样得读书人的心。见到他本人，又知道了钱库亏空的原因是这样。如果大人已知道这些情况而命我去，我为了沽名钓誉，空手而回，这是我的罪过；如果大人不知其中情况而命我前往，我回来详细报告，请大人指示，才不致辜负德高望重的您爱惜人才之心和皇上以孝治天下的用心。如果大人认为这事没什么可哀怜的，那么我再去取印也不晚。不然的话，大人衙门外官员数十人，都是求官印而得不到的，我是何等人，敢违抗大人的意旨？"田公默默无言。两司长官使眼色叫鲁亮侪退下。鲁亮侪也不辞谢，走了出去。到屋檐外，田大人改变了脸色，走下台阶喊道："回来。"鲁亮侪进来跪下。田又招手说："上前。"取下自己戴的珊瑚顶帽子戴在鲁亮侪头上，感叹说："奇男子，这顶帽子应该给你戴。没有你，我差点误参了一位贤官。但是奏章已送出去了，如何是好？"鲁亮侪问："几天了？"田说："五天，快马也追不上了。"鲁亮侪说："大人有恩德，我能追回来。我年轻时一天能走三百里。大人果真要追回奏章，就请给我一枝令箭作为凭证。"田公答应了，鲁亮侪于是出发。五天后奏章追回。中牟县令终于安然无事，鲁亮侪也因此名闻天下。

先前，鲁亮侪的父亲曾任广东提督，和三藩缔结盟约，鲁亮侪当时才七岁，被当作人质留在吴王处。吴王上衙问事，鲁亮侪穿黄夹衫、戴貂蝉帽侍立在旁边。虽然年少却很有豪气，每天读书以后，便向吴王身边的勇士们学习兵法和投掷、跳跃之类的本领，所以武艺特别高超。

赠黄生序

本文是一篇"赠序"。这种文体,一般用于亲朋好友间临别赠言。"黄生"即《黄生借书说》一文中提到的黄允修。全文主旨在勉励黄生坚持自己的志向,学好古文,而又分成几层意思,递进深入,娓娓道来:首先对黄生不愿仕进,唯愿学习古文的态度表示赞赏,接着分析古文的好处以及科举和时文的弊病,最后激励黄生除非不做,要做就一定要做成功。文中并没有空谈大道理,字里行间显得十分平易亲切,循循善诱。在勉励黄生的同时,也充分反映了作者对科举时文及古文的鲜明倾向。文章反映了重视古文道统的文学观念,凸现了作者的思想。

唐以词赋取士①,而昌黎下笔大惭②。夫词赋犹惭,其不如词赋者可知也。然昌黎卒以成进士,其视夫薄是科而不为者,异矣。今之人有薄是科而不为者,黄生也。或且目笑之曰:"《四书》文取士,士颇多贤,其流未可卒非。"吾代黄生对曰:"昔管仲遇盗,得二人焉③。盗可以得

人,而上不必悬盗以为的也④。"论者语塞。

吾不敢谓荐辟策试之足以尽天下士也⑤,亦不敢谓为古文者之足以明圣道也。然访某某者,必询其邻人,为其居之稍近也。汉、唐之取士也,与古近。其士之所为古文也,与圣道近。近,斯得之矣。宋以后制艺道兴⑥,古文道衰。士既非此不进,往往靡岁月⑦,耗神明⑧,以精其能而售乎时。出身后重欲云云⑨,则嘘唏服膺⑩,忽忽老矣。

予喜生年甚少,意甚锐,不徇于今⑪,其于古可仰而冀也⑫。又虞其家之贫,有以累其能也。为羞其晨昏⑬,而以书库托焉,成生志也。既又告之曰:天下有不为而贤于其为之者,有为之而不如其不为者,无他,成与不成而已。不为而不成,其可为者自在也;为之而不成,人将疑其本不可为,而为者绝矣。今天下不为古文,子为之,安知其不为者之不含笑以待也。"苟为不熟,不如荑稗⑭"。生自揣不能一雪此言,且不宜为古文;吾望于生者厚,故反吾言以勖之⑮。

---

① "唐以"句:唐代初科举考试以策问为重,自玄宗以后,科举考试须

加试诗、赋,格式要求相当严格,不合式者不得中选。　②昌黎:唐代文学家韩愈。他曾对程式化的应试文字深表不满,并为自己应试所作的诗赋深感惭愧。其《答崔立之书》曰:"自取所试读之,乃类于俳优者之辞,颜忸怩而心不宁者数月。"　③"昔管仲"二句:《礼记·杂记》载:"管仲遇盗,取二人焉,上以为公臣。"是说管仲遇见群盗,从盗中选取二人。　④悬盗以为的:以盗为标准。悬:挂,这里意为树立。的:目的,标准。　⑤荐:荐举,汉代称察举,是隋唐以前朝廷选拔人才的主要方法。辟:征辟,朝廷招用人才为官的方法,朝廷招聘称"征",三公以下召布衣入士称"辟"。策试:即科举考试。"荐辟策试"概指选拔人才的各种方式。　⑥制艺:也称制义,即八股文,因为是制举应试文章,故称"制艺"。　⑦靡:费。　⑧神明:人的精神。　⑨出身:指做官。重:再。欲:想要。云云:犹言"怎么样怎么样。"　⑩嘘唏服膺:胸怀郁结,心情悲痛。　⑪徇:依从,屈从。　⑫仰而冀:景仰追慕而有所得。　⑬羞:进献,这里指进献食物。　⑭"苟为"二句:假如(五谷)不能成熟,反而不如稊米稗子之类。语出《孟子·告子》。荑(tí):即稊,稗类植物。　⑮勖(xù):勉励。

翻译

唐代用考试词赋来选拔人才,而韩愈下笔应试词赋感到十分惭愧。连诗赋都这样,那些不如词赋的文章就可想而知了。但韩愈终究还是靠词赋中了进士,比之看不起这种科目而不愿写这种文体的人,有所不同。如今有看不起科举时文而不愿写作时文的,就是黄生。有人看着讥笑说:"以《四书》文选拔人才,考中的有很多是贤才,对他们恐怕不能轻率否定。"我替黄生回答说:"从前管仲遇到盗贼,从中获得了两个人才。盗贼中尽管可以得到人才,但上官不必把盗贼作为用人的标准。"议论的人无话可说。

我不敢说各种科举考试能把天下的人才收罗一空,也不敢说写古文的就足以阐明圣贤之道。但如果访问某个人,必然要问他的邻居,因为住得比较近的缘故。汉代、唐代的科举,因为离古代近,士子所作的古文,离圣贤之道也比较近。近,就容易有所得。宋代以后制艺渐兴,古文慢慢衰落了。士子既然不熟习制艺就不能做官,往往就费日月、耗精神,力争精通制艺而求有出路。等到做官后,再想要如何如何,却已胸怀郁结,感衰叹老了。

我喜欢黄生年纪很轻,志气很高远,不肯随从现在的风气,他对于古文该是可以努力向上而期望有成的。我又担心他家里贫穷,会因此影响他才能的发展,所以为他供应早晚食物,又把书库托付给他,想帮助他实现志向。然后又告诉他说:天下有不做却比做了还好的,有做了却不如不做的,这没别的原因,就看他成功不成功罢了。不做而不成功,这件事可以做的价值自然存在;做了而不成功,别人就会怀疑这件事本来就无法做,从此再也没有肯去做的人了。现在天下的士子都不作古文,你偏去写作,又怎么知道其他不作的人不含笑等待着呢。"如果五谷长不熟,那么还不如稊米、稗子有用"。黄生如自料无力洗刷这种言谈,那也就不宜去作古文;我对黄生寄予很大的希望,所以说这些反话来激励他。

随园记①

　　这是一篇山水园林小品。袁枚自三十三岁辞官家居,至八十二岁去世,在随园生活了近五十年,自号随园老人,可说与随园结下了不解之缘。这篇文章记述随园的由来,以及自己买下随园,在修葺它时所花的心血和自己对它的热爱。他为了随园宁可弃官不做,流露出他酷爱自然,不愿受羁绊的天性。文章饶有情趣,叙景状物中往往带有作者的深厚情感。

① 随园:故址在今南京市五台山、随家仓一带,原是清代康熙、雍正时江宁织造隋赫德的私人花园。文中的"织造隋公"即隋赫德。

　　金陵自北门桥西行二里①,得小仓山。山自清凉胚胎②,分两岭而下,尽桥而止。蜿蜒狭长,中有清池水田,俗号干河沿。河未干时,清凉山为南唐避暑所③,盛可想也。凡称金陵之胜者,南曰雨花台,西南曰莫愁湖,北曰钟山,东曰冶城,东北曰孝陵、曰鸡鸣市。登小仓山,诸景隆然上浮。凡江湖之大,云烟之变,非山之所有者,皆山之所有也。

康熙时，织造隋公当山之北巅④，构堂皇⑤，缭垣牖⑥，树之荻千章⑦，桂千畦。都人游者，翕然盛一时⑧，号曰隋园，因其姓也。后三十年，余宰江宁。园倾且颓弛，其室为酒肆，舆台嚾呶⑨。禽鸟厌之，不肯妪伏⑩。百卉芜谢，春风不能花。余恻然而悲，问其值，曰三百金，购以月俸。茨墙剪阖⑪，易檐改涂⑫。随其高，为置江楼；随其下，为置溪亭；随其夹涧，为之桥；随其湍流，为之舟；随其地之隆中而欹侧也⑬，为缀峰岫；随其蓊郁而旷也，为设宧窔⑭。或扶而起之，或挤而止之⑮，皆随其丰杀繁瘠⑯，就势取景，而莫之夭阏者⑰，故仍名曰随园，同其音，易其义。

落成，叹曰："使吾官于此，则月一至焉；使吾居于此，则日日至焉。二者不可得兼，舍官而取园者也。"遂乞病，率弟香亭、甥湄君移书史居随园⑱。闻之苏子曰：君子不必仕，不必不仕⑲。然则余之仕与不仕，与居兹园之久与不久，亦随之而已。夫两物之能相易者，其一物之足以胜之也。余竟以一官易此园，园之奇，可以见矣。己巳三月记⑳。

① 金陵:今江苏南京。北门桥:及下文小仓山、清凉山、干河沿等都是金陵地名。　② 清凉:清凉山。胚胎:喻事物的初起、开端。③ 南唐:五代十国时国名,建都金陵。　④ 织造:清代在江宁设立织造皇帝及宫廷使用衣料彩帛的专局,由内务府人员充任。　⑤ 堂皇:高大的房屋。　⑥ 缭(liáo):绕。垣墉:围墙。　⑦ 萩:通"楸",树名。千章:千株。　⑧ 翕(xī)然:形容群集聚游的盛况。　⑨ 舆台:指地位低下的人。古代人分十等,舆为第六等,台为第十等。讙(huān)呶(náo):吵闹,喧闹。　⑩ 妪(yù)伏:指鸟孵卵。　⑪ 茨墙剪阖:指修筑篱笆。《周礼·囿师》:"茨墙则剪阖。"茨墙:茅草、芦苇之类筑的墙。阖:苦盖。　⑫ 易檐改涂:翻修房屋,粉刷墙壁。檐:指房屋。涂:粉刷。　⑬ 欹(qī):倾斜。　⑭ 宧宎(yí yào):指房舍。宧、宎本指房舍的东北角和东南角。　⑮ 挤而止之:修理不再增加。⑯ 丰杀:多少。丰:指多。杀:少。《礼·礼器》:"礼不同,不丰,不杀。"繁:盛,多。瘠:贫瘠,少。　⑰ 莫之夭阏(è):不加阻挡限制。语出《庄子·逍遥游》。夭阏:阻止,遏止。　⑱ 湄君:陆建,字湄君,号豫庭,袁枚二姐之子。袁枚集中有《湄君小传》。　⑲ "君子"二句:语出宋代苏轼《灵壁张氏园亭记》一文。　⑳ 己巳:乾隆十四年(1749)。

翻译

金陵从北门桥向西走二里,便到小仓山。山从清凉山发端,分成两个山岭而下,到北门桥而止。蜿蜒狭长,中间有清清的池塘和一些水田,俗称干河沿。当年河水没有干涸时,清凉山曾是南唐避暑的地方,它的繁荣可以想象得到。大凡被称道为金陵胜景的,南面有雨花台,西南有莫愁湖,北面有钟山,东面有冶城,东北有明孝陵、鸡鸣寺。登上小仓山,远近的种种景象便浮现在眼前。江湖的广大,风云烟霞的变化,凡不是小仓山所拥有的,也都成为它所拥有的了。

康熙时,江宁织造隋公在小仓山的北峰盖起高高的厅堂,周围砌起围墙,栽了千棵楸树,种了千畦桂花。金陵来游玩的人,盛极一时。起名叫隋园,因为园主姓隋。三十年后,我任江宁县令时,隋园已经倾圮败落。房舍成了酒店,仆役小厮在这里喧呼吵闹,连鸟雀都感到讨厌,不肯在这里筑巢孵卵。各种花草都荒芜凋谢了,春风也无法使它们重新开放。我深感痛心,询问园子的售价,回答说三百两银子,便用薪俸将它买下。于是修筑了篱笆,翻修了房舍,重新粉刷装饰。随着地势高处,添造江楼;低洼之处,兴建池亭;山谷涧水上,架上桥梁;水流湍急的地方,备上船只;中间高四面低的地方,修筑小山岩洞;树木葱郁又有空隙的地方,建造一些房舍。有的地方稍扶助它们起来,有的地方修理而不再扩展,都是根据园子的地形地貌选取景致,而不加过多的人工雕琢,所以仍叫随园,与原来的名称同音,实际意义已改变了。

园子落成后,感叹道:"假如我仍做江宁县令,那么只能一个月来一次;如果我辞官在此地定居,那么天天可以来这里了。做官和游园无法两全,那我宁可弃官而取园。"于是称病告退,领着弟弟香亭、外甥湄君带些书籍史册住进随园。我听说苏轼讲过:君子不一定要做官,也不一定不做官。那么我的做官不做官,与住在随园长久不长久,也听其自然而已。大凡两样东西可以互相交换的,是由于只要其中一样东西就完全可以了。我竟然用官职来换取这个园子,园子的非同一般,可以想见了。乾隆十四年三月记。

随园后记

袁枚买下随园后,接连写下了有关随园的六篇散文,各有侧重地记述随园的情事。本文是随园六记的第二篇,描写作者出仕离开随园不到一年,随园就显出败落景象,于是他重加修整,规划设计都出之于己意,因而从中感到极大的乐趣。作者借修园而任意发挥,表现了自己不受官场羁绊,自由自在生活的快乐,借此表示他决心定居随园,远离官场再不出仕的态度。

余居随园三年,捧檄入陕①,岁未周,仍赋归来②。所植花皆萎,瓦斜堕,梅灰脱于梁③,势不能无改作。则率夫役芟石留④,觇土脉⑤,增高明之丽⑥。治之有年,费千金而功不竟。

客或曰:"以子之费,易子之居,胡华屋之勿获?而俯顺荒余⑦,何耶?"余答之曰:"夫物虽佳,不手致者不爱也;味虽美,不亲尝者不甘也。子不见高阳池馆、兰亭、梓泽乎⑧?苍然古迹⑨,凭吊生悲,觉与吾之精神不相属者。何也?其中无我故也。公卿富豪未始不召梓人营池囿⑩，程巧致功⑪，千力万气，落成，主人张目受贺而已。问某树某名，而不知也。何也？其中亦未尝有我故也。唯夫文士之一水一石，一亭一台，皆得之于好学深思之余。有得则谋，不善则改。其莳如养民⑫，其刘如除恶⑬，其创建似开府⑭，其浚渠簪山如区土宇版章⑮。默而识之⑯，神而明之。惜费，故无妄作；独断，故有定谋。及其成功也，不特便于己，快于意，而吾度材之功苦⑰，构思之巧拙，皆于是征焉。今园之功虽未成，园之费虽不赀⑱，然或缺而待周，或损而待修，固未尝有迫以期之者也；孰若余昔年之腰笏磬折⑲，里魅喧呶乎⑳？伐恶草，剪虬枝㉑，唯吾所为，未尝有制而掣肘者也㉒；孰若余昔时之仰息崇辕㉓，请命大胥者乎㉔？五代时㑊檀利宴宣德堂㉕，叹曰：'作者不居，居者不作。'余今年裁三十八，入山志定㉖，作之居之，或未可量也。"

乃歌以矢之曰："前年离园，人劳园荒；今年来园，花密人康。我不离园，离之者官㉗；而今改过，永矢勿谖㉘。"

癸酉七月记㉙。

① 捧檄(xí)：奉命就任官职。檄：官方文书。袁枚于乾隆十七年(1752)起用赴陕西，不到一年就因父丧而归。　② 赋归来：指归隐。晋陶渊明弃官归隐时曾赋《归去来辞》以述志。　③ 塓灰：抹墙的泥灰。　④ 芟(shān)：除草。石窌：即石溜，贫瘠之地。　⑤ 觅(mì)：察看，察验。土脉：土壤，土地。　⑥ 高明：指高大建筑物。　⑦ 俯顺：俯从。　⑧ 高阳池馆：汉代习郁在襄阳岘山南作池，池边有高堤，种竹树，池中植芙蓉菱芡，称高阳池。兰亭：地名，在浙江会稽山北，晋代谢安、王羲之等四十一人曾在此修禊聚会。梓泽：晋代石崇金谷园的别名，唐王勃《滕王阁序》："兰亭已矣，梓泽丘墟。"　⑨ 苍然：形容青暗的草木色。　⑩ 梓人：原指木工，后泛指工匠。池囿：池塘园林。　⑪ 程巧致功：选择能工巧匠，让他们尽力而为。程：选择。　⑫ 莳：栽种。　⑬ 刈(yì)：割。　⑭ 开府：建府署，置僚属。　⑮ 浚渠篑(kuì)山：开池塘，堆假山。篑：盛土竹器，此作动词。区：分别。土宇：土地屋宇。版章：版图、地图。　⑯ 识(zhì)：记。　⑰ 功苦：坚固与脆弱，指建筑材料的质量高低。　⑱ 不赀(zī)：不可用钱财计算，喻多。赀：计算，计量。　⑲ 腰笏：腰插朝板，指做官。磬折：像磬一样躬着腰，形容行礼之态。磬：一种曲尺形敲击乐器。　⑳ 里魋：通"里魁"，指里长之类。喧哰：声音喧杂刺耳。　㉑ 虬(qiú)枝：弯曲的枝条。　㉒ 掣肘：指受牵制。　㉓ 仰息：仰人鼻息，看人脸色。崇辕：高大的衙门，指上官。　㉔ 大胥：大官。　㉕ "五代"句：此句年代、人名有误。应为晋代秃发傉檀事，《晋书·秃发傉檀传》："傉檀宴群僚于宣德堂，仰视而叹曰：'古人言作者不居，居者

不作,信矣。'"秃发傉檀是晋时西凉国主,在位十三年。 ㉖入山:指退隐。 ㉗离之者官:意为是做官使我离开的。 ㉘永矢勿谖(xuān):发誓永不忘记。矢:同"誓"。谖:忘记。 ㉙癸酉:乾隆十八年(1753)。

翻译

  我在随园住了三年,接受朝廷的任命去陕西做官,未满一年,就解印归来。园中原先栽种的花卉都已枯萎,屋上瓦片倾斜欲坠,梁上泥灰脱落,不得不重新整修一番。于是我带着工匠除去荒地上的杂草,察看地脉,增设些明丽的楼观亭台。修了一年多,花费了千两银子,仍没有完工。

  有客人说:"如果用你花费的钱,换一个住宅,什么华丽的房子得不到?为什么要迁就于收拾这些荒芜残败的地方?"我回答他说:"东西虽好,如果不是亲手得到的就不会喜欢;味道虽美,不亲自品尝也不知道它的好处。您没有看见高阳的池塘馆阁、兰亭、金谷园一类名胜吗?苍凉的古迹,凭吊它感到悲哀,不过总觉得和自己的精神有些隔阂,为什么呢?因为那些地方与我没有关系。权贵富豪人家也未尝不召工匠建造池塘园林,求巧匠完成工程,花尽多少气力。等到落成,主人不过是睁着两眼接受人家的庆贺,问哪棵树是什么名都不知道,为什么?也是因为自己没有出过力。只有文人的一水一石、一亭一台都来自好学深思之后,想到好主意就照样建造,不如意就改过来。他们栽种花木就像养育百姓,铲锄杂草就像剪除奸恶,创建规划就像开府建衙,开池塘、造假山就像重新划分疆域。胸中有蓝图,处处合天理。因为想节省费用,所以没有瞎干的事;一人作主,所以有一定的规划。等到大功告成,不仅对自己合宜,感到心中快慰,而且建造时衡量材料的质量高低,设计的好坏,都可以从中得到验证了。现今园子虽然还未造好,钱财虽然花了许多,即便有的地方有缺陷需要改善,有的地方有损坏需要修复,却并没有迫切的期限规定,哪里像我过去穿着官服弯腰曲膝迎送,里长乡老在面前吵闹不休呢?锄去恶草,剪去弯曲的树枝,顺着心意去做,并没有管束限制我的人,哪里像我过去奉迎于上司,听命于大官呢?五代时僞檀利在宣德堂宴会,叹息着说:'建造的人不居住,居住的人不建造。'我今年才三十八岁,归隐的决心已定,自己建造自己居住,也许前景不可估量呢!"

于是作歌发誓言道:"前年离别随园,人劳苦园荒芜。今年又来随园,花茂密人康健。我不想离开随园,是做官使我离开。从今决心改过,永远铭记不忘。"

乾隆十八年七月记。

戊子中秋记游①

本文记中秋节与友人的聚首、游赏、宴饮,用笔极其简括,叙述明晰而富有情趣。

① 戊子:乾隆三十三年(1768)。

佳节也,胜境也,四方之名流也,三者合,非偶然也。以不偶然之事,而偶然到之,乐也。乐过而虑其忘,则必假文字以存之,古之人皆然。

乾隆戊子中秋①,姑苏唐眉岑挈其儿主随园①,数烹饪之能,于烝彘首也尤②。且曰:"兹物难独噉③,就办治,顾安得客?"余曰:"姑置具,客来当有不速者④。"已而泾邑翟进士云九至⑤。亡何⑥,真州尤贡父至⑦。又顷之,南郊陈古渔至⑧,日犹未昳⑨。眉岑曰:"予四人皆他乡,未揽金陵胜,盍小游乎?"三人者喜,纳屦起,趋趋以数,而不知眉岑之欲饥客以柔其口也。

从园南穿篱出,至小龙窝,双峰夹长溪,

桃麻铺芬⑩。一渔者来,道客登大仓山⑪,见西南角烂银坌涌⑫,曰:"此江也。"江中帆樯如月中桂影⑬,不可辨。沿山而东至蛤蟆石,高壤穹然。金陵全局下浮,曰谢公墩也⑭。余久居金陵,屡见人指墩处,皆不若兹之旷且周。窃念墩不过土一抔耳,能使公有遗世想⑮,必此是耶!就使非是,而公九原有灵,亦必不舍此而之他也。从蛾眉岭登永庆寺亭,则日已落,苍烟四生,望随园楼台,如障轻容纱,参错掩暎⑯,又如取镜照影,自喜其美。方知不从其外观之,竟不知居其中者之若何乐也。

还园,月大明,羹定酒良⑰,彘首如泥,客皆甘而不能绝于口以醉。席间各分八题,以记属予。嘻!余过来五十三中秋矣,幼时不能记,长大后无可记。今以一彘首故,得与群贤披烟云,辨古迹,遂历历然若真可记者。然则人生百年,无岁不逢节,无境不逢人,而其间可记者几何也!余又以是执笔而悲也。

① 姑苏：今江苏苏州市的古称。唐眉岑：其人不详。挈（qiè）：带，领。主：居，住。　②烝：同"蒸"，一种烹调方法。彘（zhì）首：猪头。尤：优异，突出。　③啖（dàn）：同"啖"，吃。　④不速："不速之客"的省略，即不请自来的客人。　⑤泾邑：即今安徽省泾县。翟云九：其人不详。　⑥亡（wú）何：不久。亡：通"无"。　⑦真州：今江苏仪征。尤贡父：尤荫，字贡父，号水材，清仪征人。工诗，善画兰竹，乾隆中随和硕亲王出塞，著《出塞诗钞》，袁枚集中有《尤贡甫出塞诗序》。　⑧陈古渔：陈毅，字直方，江宁（今江苏南京）人。　⑨昳（dié）：午后太阳偏斜，指午后。　⑩芬：同"芳"，香气。　⑪道：通"导"，引导。　⑫烂银垄（bèn）涌：水浪翻涌。烂银：喻水色闪亮如银。垄涌：一齐涌出。　⑬樯（qiáng）：桅杆。　⑭谢公墩：山名，因晋代谢安而得名。南京称"谢公墩"的不止一处。据袁枚考证，随园园基即谢公墩，《与钱香树司寇书》说："枚古杭无家，筑舍于谢公墩下。"《考志书知园基即谢公墩，李白阅谢家青山，欲终焉而不果，即此处也》诗："我领石城尹，颇有晋人风。偶写买山券，竟与此墩逢。"另南京城东之半山也有谢公墩，宋代王安石致仕后居此，有《谢公墩》诗："我名公字偶相同，我屋公墩在眼中。公去我来墩属我，不应墩姓尚随公。"　⑮遗世想：出世的想法。　⑯参错：参差错落，高高低低。掩暎（yìng）：遮掩衬托。暎：同"映"。　⑰羹定：肉熟。

翻译

佳节,胜境,四方的名流,三件事合在一起,不是偶然的事。不偶然的事能偶然得到,真是快乐。快乐过了怕它忘记,就必然用文字写下以保存它,古代人都是这样。

乾隆戊子年中秋节,苏州唐眉岑带着他儿子住在随园,要说他的烹调本领,以蒸猪头为最好。而且他说:"这东西难以独吃,如现在做好,哪里就有客人来?"我说:"暂且备办起来,或许有不速之客。"后来泾县翟云九进士到。一会儿,仪征尤贡父到。又过了一会,南郊陈古渔到,这时太阳还未西斜。眉岑说:"我们四个都是外地人,没有游览过金陵的胜景,何不出去游玩一下?"三人很高兴,穿上鞋站起来,几次显出很急迫想出去的样子,却不知道眉岑是想要让客人饥饿一下以便有好胃口。

从随园南面穿过篱笆出来,到小龙窝,两座山峰之间夹着一条长长的小溪,桃林和麻田散发着清香。来了一个打渔的,领着客人登上大仓山,见西南角上银白闪光的水浪汹涌,打渔的说:"这是长江。"江中船帆桅杆像月亮中的桂树影,依稀分辨不清。沿着山向东到蛤蟆石,高山像帐篷顶一样中间高四面低,整个金陵都在脚下像要浮起。这就是谢公墩。我久住金陵,多次见人指出谢公墩的地方,都不如这里旷大而四面都可看到。心想墩不过是一堆土,能够使谢公产生出世思想的,必定是这儿!就算不是,谢公如地下有灵,也必然不会舍弃这里而到别处去。从峨眉岭登上永庆寺的亭子,太阳已经落山,四处升起傍晚的烟霞,看随园的楼台,像罩上了一层轻纱,高低远近似隐似现,又像用镜子自照,自我顾怜自己的美。这才知道不从外面观看,竟然不知道住在里面是多么快乐。

  回到随园,月亮大放光明,肉熟,酒又很醇美,猪头烂如泥,客人都觉得味道美而吃个不停,直到喝醉。酒席上分八个题目各作诗文,叫我做记。嘻!我过了五十三个中秋节,年幼时的情景不记得,长大后没有什么好记的。如今因为一个猪头的缘故,能和众贤才游赏胜景,辨识古迹,于是清清楚楚真像值得记下来。然而人生百年,没有一年不逢节日,没有一处不遇到人,这中间真值得记的有多少呢!因为这缘故,我握着笔又感到很悲哀。

祭妹文

《祭妹文》是袁枚的散文代表作。袁枚三妹名机,字素文,别号青琳居士,幼好读书。她原与如皋高姓指腹为婚,但高子不肖,高家主动提出解除婚约,她却抱定"从一而终"的节操观念,不肯另嫁,结果婚后屡遭虐待,甚至丈夫竟要卖掉她抵债。她不得已离婚回了娘家,终于在乾隆二十四年(1759)郁郁病死,成为封建礼教的牺牲品。袁枚与其三妹骨肉情深,三妹去世,他作《哭三妹五十韵》和《女弟素文传》等诗文纪念之。这篇祭文作于乾隆三十二年,在其妹去世后八年。文章通过一连串生活细事的回忆,抒发了生离死别之悲和身世之痛,感情深挚,笔触细腻,体现袁枚抒写心灵的主张。有人认为此文可与韩愈的《祭十二郎文》、欧阳修的《泷冈阡表》并列。

乾隆丁亥冬①,葬三妹素文于上元之羊山②,而奠以文曰③:

呜呼!汝生于浙而葬于斯,离吾乡七百里矣④。当时虽觭梦幻想⑤,宁知此为归骨所耶?

汝以一念之贞，遇人仳离⑥，致孤危托落⑦。虽命之所存，天实为之，然而累汝至此者，未尝非予之过也。予幼从先生授经，汝差肩而坐⑧，爱听古人节义事；一旦长成，遽躬蹈之。呜呼！使汝不识诗书，或未必艰贞若是。

余捉蟋蟀，汝奋臂出其间。岁寒虫僵，同临其穴。今予殓汝葬汝，而当日之情形，憬然赴目⑨。予九岁憩书斋，汝梳双髻，披单缣来⑩，温《缁衣》一章⑪。适先生㔉户入⑫，闻两童子音琅琅然，不觉莞尔⑬，连呼则则。此七月望日事也⑭。汝在九原⑮，当分明记之。予弱冠粤行⑯，汝掎裳悲恸⑰。逾三年，予披宫锦还家⑱，汝从东厢扶案出，一家瞠视而笑，不记语从何起，大概说长安登科函使报信迟早云尔⑲。凡此琐琐，虽为陈迹，然我一日未死，则一日不能忘。旧事填膺，思之凄梗，如影历历，逼取便逝。悔当时不将嫛婗情状⑳，罗缕纪存。然而汝已不在人间，则虽年光倒流，儿时可再，而亦无与为证印者矣。

汝之义绝高氏而归也，堂上阿奶仗汝扶持㉑，家中文墨眹汝办治㉒。尝谓女流中最少明经义、谙雅故者，汝嫂非不婉嫕㉓，而于此微缺然。故自

祭妹文
169

汝归后，虽为汝悲，实为予喜。予又长汝四岁，或人间长者先亡，可将身后托汝。而不谓汝之先予以去也。前年予病，汝终宵刺探，减一分则喜，增一分则忧。后虽小差㉔，犹尚殗殜㉕，无所娱遣。汝来床前，为说稗官野史可喜可愕之事，聊资一欢。呜呼！今而后，吾将再病，教从何处呼汝耶？

汝之疾也，予信医言无害，远吊扬州㉖，汝又虑戚吾心㉗，阻人走报。及至绵惙已极㉘，阿奶问望兄归否？强应曰诺已。予先一日梦汝来诀，心知不祥。飞舟渡江，果予以未时还家，而汝以辰时气绝㉙，四支犹温，一目未瞑，盖犹忍死待予也。呜呼痛哉！早知诀汝，则予岂肯远游？即游，亦尚有几许心中言要汝知闻，共汝筹画也。今而已矣！除吾死外，当无见期。吾又不知何日死，可以见汝；而死后之有知无知，与得见不得见，又卒难明也。然则抱此无涯之憾，天乎，人乎！而竟已乎！

汝之诗，吾已付梓㉚；汝之女，吾已代嫁；汝之生平，吾已作传；惟汝之窀穸㉛，尚未谋耳。先茔在杭，江广河深，势难归葬，故请母命而宁汝于斯㉜，便祭扫也。其旁葬汝女阿印，其下两冢，一为阿爷侍者朱氏，一为阿兄侍者陶氏。羊山旷渺，南望原隰，西望栖霞㉝，风雨晨昏，羁魂有伴，当不孤寂。所怜者，吾自戊寅年读汝哭侄诗后㉞，至今无男。两女牙牙，生汝死后，才周晬耳㉟。予虽亲在未敢言老，而齿危发秃，暗里自知，知在人间，尚复几日。阿品远官河南㊱，亦无子女，九族无可继者。汝死我葬，我死谁埋？汝倘有灵，可能告我？

呜呼！身前既不可想，身后又不可知。哭汝既不闻汝言，奠汝又不见汝食。纸灰飞扬，朔风野大，阿兄归矣，犹屡屡回头望汝也。呜呼哀哉！呜呼哀哉！

---

① 乾隆丁亥：乾隆三十二年(1767)。 ② 上元：清代县名，今属江苏南京市。羊山：位于今南京市城东。 ③ 奠：祭祀。 ④ 七百里：袁枚家乡在杭州，此指南京至杭州的距离。 ⑤ 觭(jī)梦：梦中所见。 ⑥ 遇人仳(pǐ)离：妇女出嫁后遭遗弃。 ⑦ 孤危：孤苦哀伤。托落：落拓，失意。 ⑧ 差(cī)肩：并肩。 ⑨ 憬(jǐng)然：形容清醒的状态，这里是清晰的意思。 ⑩ 单缣(jiān)：单绢衫。 ⑪《缁衣》：《诗经》篇名。 ⑫ 扅(zhà)户：开门。 ⑬ 莞(wǎn)尔：

微笑的样子。 ⑭望日：农历每月十五日。 ⑮九原：本是春秋时晋国卿大夫的墓地，后泛指墓地。 ⑯弱冠：古代男子二十行冠礼，故称二十岁为弱冠。粤行：指作者去广西看望叔父袁鸿之行。粤：广西称西粤。 ⑰掎（jǐ）裳：牵住衣裳。 ⑱披宫锦：指中进士后获得官职。袁枚于乾隆四年（1739）中进士。 ⑲长安：汉、唐的京城，后世往往用以代指京都，此指北京。登科函使：科举时代的报录者。凡举人、进士中式后，向录取者家属传报喜讯，以获取酬金。 ⑳婴婗（yī ní）：婴儿，指童年时。 ㉑阿奶：指作者母亲章氏。 ㉒眴（shùn）：以目示意。 ㉓婉嫕（yì）：柔顺。 ㉔差（chài）：通"瘥"，病痊愈。 ㉕淹殜（yè dié）：小有病痛，半卧半起。 ㉖吊：这里似指对亲友的吊唁、慰问。 ㉗戚：担忧，忧虑。 ㉘绵惙（chuò）：也作"绵笃"，指病危。 ㉙"果予"二句：古时以十二地支记时，两小时为一时辰，"未时"指下午一时至三时，"辰时"指上午七时至九时。 ㉚付梓（zǐ）：交付刻印。 ㉛窀穸（zhūn xī）：墓穴。 ㉜宁：原意为处家持丧服，此是安葬之意。 ㉝"南望"句二：原隰（xī）：广平低湿之地。栖霞：栖霞山，在今南京市东数十里处。 ㉞戊寅：乾隆二十三年（1758）。袁枚是年丧子，素文作哭侄诗《阿兄得子不举》哀悼。 ㉟周晬（zuì）：周岁。 ㊱阿品：袁枚堂弟，名树，当时任河南正阳县令。

翻译

乾隆三十二年冬天，葬三妹素文在上元的羊山，并在墓前以此文祭奠：

唉！你生在浙江却葬在这里,远隔我们家乡七百里了。当初即使是虚幻的梦中或离奇的想象,哪里能知道这里竟是你埋骨的地方！

你因牢守着贞节的观念,嫁了个坏丈夫不得不离异,以致孤苦无靠。这虽说由命运注定,天意如此,可是牵累你落到这种地步,又何尝不是我的过错呢。我幼年跟先生读经书,你和我并肩而坐,喜欢听古人信守节义的事迹;谁料你一旦长大成人,就立即亲身予以实践。唉！如果你不读诗书,也许不一定坚贞到这种程度。

小时候我捉蟋蟀,你在旁出力相助。天寒蟋蟀冻僵,我们一起把它埋葬。如今我收殓你安葬你,当时的情景清清楚楚地浮现在眼前。我九岁时在书房休息,你梳着双髻,披着单绢衫走来,一起温习《诗经》中的《缁衣》一章。恰好先生推门而入,听见两个孩子的读书声清脆响亮,不禁露出微笑,啧啧称赞。这是七月十五的事,你在地下,该是清楚记得的吧。我二十岁离家去广西,你牵着我的衣裳悲哭。过了三年,我中了进士回家,你从东厢房扶着桌子出来,全家人相视而笑,记不得话题是从何说起的,大概总是说京城传报登科的报录人传报消息早晚一类的事情。所有这些小事,虽都成为过去,可是我一天不死,就一天不会忘记。往事充塞心胸,想起来就悲伤凄苦,心里像堵塞着什么似的。它们像影子一样分明,而认真追索起来便即消失,真后悔当初不曾把童年时的情况详细记载下来;可是你已不在人间,即使时光能倒转回

祭妹文

去,童年时的光景再度出现,却也没有一起来印证的人了。

你根据道义与高姓决绝回家后,年高的母亲依靠你侍奉,家中笔墨之事也全由你办理。我曾说女子中很少有懂得经义、熟习文章典故的,你嫂嫂并不是不贤惠,但这方面也稍觉欠缺。所以自你回家,虽然为你悲伤,实在也为自己高兴。我比你大四岁,原以为人世间年长者先亡故,可以把身后之事托付给你。却想不到你竟然先我而去。前年我有病,你彻夜询问探望,病情减轻一分就高兴,加重一分就担忧。后来我病情虽有好转,却仍不能起床,无法消遣解闷,你来到我床前,给我讲小说野史中惊心悦耳的奇闻轶事,来博取一些快乐。唉!从今以后,我如果再生病,该到哪里去呼唤你呢?

你有病时,我听信医生说你的病不要紧的话,远去扬州凭吊。你又怕我伤心,不让家中派人告诉我你的病况。等到病情沉重,母亲问你想哥哥回来吗?才强支撑着说是。我在你逝世前一天梦见你来诀别,情知不吉利,连忙乘船飞速渡江回来,果然我在未时到家,你在辰时就已气绝身亡,手足还温暖,一只眼睛没有闭上,原来是你临死时还挣扎着等待我啊!唉,痛心啊!早知跟你永别,我哪里又肯外出远游?即使外出,也还有不少心里话要说给你听,跟你商量啊。如今什么都完了!除了我死去,再无见面的日子。我又不知哪一天会死,可以和你相见;而人死后究竟有无知觉,能不能相见,也实在难以确知。那么,如此抱憾无穷,到底是由天命决定的呢?还是由人事决定的?难道就这样完了吗?

你的诗作,我已经交付刻印;你的女儿,我已经代为嫁出;你的生平事迹,我已经写成传记;只是你的坟墓,还来不及营画罢了。祖坟远在杭州,江阔河深,难以归葬,所以请示母亲,把你安葬在这里,以便时常祭扫。墓旁埋葬你的女儿阿印。下方还有两个坟,一是父亲的侍妾朱氏,一是兄长的侍妾陶氏。羊山空旷阔大,南面是平原洼地,西面可远望栖霞山。风晨雨夕,你客居异乡的灵魂有了伴侣,想来不会孤凄寂寞。遗憾的是,我从戊寅年读到你的哭侄诗以后,到现在没有儿子,两个才呀呀学语的女儿,出生在你死后,刚满周岁。虽然母亲健在我不敢说老,可是齿摇发落,心中自己知道,在人间的日子不多了。阿品远在河南做官,也没有子女,家族中没有能承嗣的。你死后我埋葬你,我死后又谁来埋葬我呢?你如果地下有灵,能不能告诉我?

唉!生前之事既不堪回想,死后的事又无法知道。哭你既听不到你的回音,祭你又不见你来享用。纸钱灰漫天飞扬,野地里北风劲吹,你兄长回去了,还在不断回首望你呀。啊,多么悲伤!多么悲伤!

答陶观察问乞病书①

乾隆十四年(1749),袁枚称病,辞官归居随园。好友陶观察来信询其辞官事。袁枚在此信中陈述自己辞官的真正原因,慷慨陈词,揭露了官场的弊端,表明了自己厌弃官场俗套以及种种有益于官而无益于民的陈规陋习。

① 陶观察:陶姓,其人未详。当时为道之类官职,尊称观察。乞病:告病,指告病辞官归居随园事。

公不察仆去官之意,谓如枚乘、汲长孺曾待诏金马门①,故耻为令;又谓仆擢秦邮牧不迁②,褊心不能无少望③,有所激而逃。是二者,皆非知仆者也。夫蒙耻救民,昔人所尚。牧之与令,奚足区别?汉人五十举秀才,未名为老。仆才三十三,前途正长,敢遽赋《士不遇》以退哉④?

凡人有能有不能,而官有可久与不可久。即以汉循吏论,桐乡、渤海,专城而居⑤,此官之可久者也。龚遂、朱邑能之⑥,至于久道化行⑦,生荣而死哀⑧。京兆三辅多豪强⑨,兼供张储偫⑩,

此官之不可久者也。赵广汉、韩延寿能之⑪久，果不善其终。江宁类古京兆，民事少，供张储偫多。民事，仆所能也；供张储偫，仆所不能也。今强以为能，抑而行之，已四年矣。譬如渥洼之马⑫，滇南之象⑬，虽舞于床⑭，蹲于朝，而约束勉强，常有跞弛泛驾之虞⑮。性好宴起⑯，于百事无误。自来会城⑰，俾夜作昼，每起得闻鸡鸣以为大祥。窃自念曰："苦吾身以为吾民，吾心甘焉。尔今之昧晨昏而犯霜露者⑱，不过台参耳⑲，迎送耳，为大官作奴耳。彼数百万待治之民，犹鼾鼾熟睡而不知也。于是身往而心不随，且行且愠⑳。而孰知西迎者，又东误矣；全具者，又缺供矣；怵人之先者㉑，已落人之后矣。不踠膝奔窜㉒，便瞪目受嗔。及至日昳始归㉓，而环辕而号者，老弱万计，争来牵衣，忍不秉烛坐判使宁家耶？判毕入内，簿领山积㉔，又敢不加朱墨围㉕，略一过吾目耶？甫脱衣息，而驿券报某官至某所㉖，则又蘧然觉㉗，凿然行㉘。一月中失馐饮节㉙，违高堂定省者㉚，旦旦然矣，而还暇课农巡乡如古循吏之云乎哉？

且一邑之所入有限，而一官之所供无穷。供

而善，则报最在是㉛；供而不善，则下考在是㉜。仆平生以智自全，得不小小俯仰同异。然而久之，情见势屈，非逼取其不肖之心而丧所守㉝，必大招夫违俗之累而祸厥身㉞。及今，故宜早为计也。若得十室之邑㉟，肆心广意㊱，弦歌先王之道以治民㊲，则虽为游徼、啬夫㊳，必泰而安之终身焉。今有乘怒骥而驰炎衢者㊴，虽贲、育必偃息于树阴之下㊵。夫仆亦偃息之迟者也，公毋见怪也。

①"谓如"句：枚乘，西汉人。汉景帝召拜枚乘为弘农都尉，因久为大国上宾，不乐为郡吏，遂托病去职。汲黯，字长孺，汉孝帝、景帝时为太子洗马，后迁为荥阳令。他耻为令，称疾归田里。金马门：汉武帝得大宛马，于是铸铜马立于宫门外，称金马门。　②"又谓"句：乾隆十二年(1747)五月，两江总督尹继善表荐袁枚为秦邮州牧，后吏部议未准。牧：古代称州的长官为州牧（即太守），清代时此职已降为府以下比县令稍高的官职。迁：升官。　③"褊(biǎn)心"句：《汉书·汲黯传》载，汲黯"褊心，不能无少望"。褊心：心地狭窄。望：怨恨。　④赋《士不遇》：西汉董仲舒作《士不遇赋》。后来司马迁有《悲士不遇赋》，陶渊明有《感士不遇赋》。　⑤专城：指主宰一城的州牧、太守等地方长官。古乐府诗《艳歌罗敷行》："三十侍中郎，四十专城居。"　⑥龚遂：汉代人，为人忠厚，刚毅有大节，曾任渤海太守。朱邑：汉代人，任官深得百姓爱戴，曾任桐乡地方官，死后葬桐

乡。二人均为汉代循吏,见《汉书·循吏传》。　⑦久道化行:意为长期行道感化教育人民。《易》:"圣人久于其道,而天下化成。"　⑧生荣而死哀:生前荣耀,死后令人为之哀痛。《论语·子张》:"其生也荣,其死也哀。"这是子贡称赞孔子的话。　⑨京兆三辅:汉代设京兆尹,与左冯翊、右扶风合称三辅,意思是辅佐帝室之官。此泛指京城内外地方。　⑩供张:陈设、供应一切。储偫(zhì):储备器物,预备器物。　⑪赵广汉:汉代人,他以治行尤异迁京辅都尉,后又任京兆尹,终遭腰斩之祸。韩延寿:汉代人。他曾任左冯翊,后被斩首弃市。　⑫渥洼(wò wā)之马:汉武帝时,渥洼川中所出的神马。渥洼,水名,党河的支流,在今甘肃安西县。　⑬滇南:云南南部。　⑭舞于床:《乐府杂录》云:"马舞者,栊马人著绿衣执鞭于床上,舞蹀躞,蹄皆应节奏也。"　⑮"常有"句:是说常常担心行为放任不合礼度。跅(tuò)弛:放任不自检束。泛驾:马放逸不循轨辙。虞:担心。　⑯晏:晚。　⑰会城:指南京。会:经济、政治集中之地。　⑱昧晨昏:不知清晨黄昏。昧:不明。犯:冒着。　⑲台参:参见台臣,泛指参谒上官。古称谏官为台臣。　⑳愠(yùn):发怒。　㉑怵(chù):害怕,担心。　㉒踠(wǎng)膝奔窜:喻到处奔波。踠膝:踠,屈;膝,膝盖。　㉓日昃:太阳偏西。　㉔簿领:登记的文簿。　㉕加朱墨围:加朱笔、墨笔的圈点,指处理文书。　㉖驿券:征发驿马驿夫的凭券。　㉗蘧(qú)然:形容突然惊醒的样子。　㉘凿然:确定,坚决的样子。　㉙失饎饮节:吃饭没有定时。　㉚定省(xǐng):儿女早晚向父母请安问好。早上问安为"省",晚上问安为"定"。　㉛报最:指官吏考绩时评语最好,考在上等。　㉜下考:下等评语。考:指旧时对官吏的考绩。　㉝不肖之心:指

答陶观察问乞病书

思想、观点与上司不同。肖：像。丧所守：放弃自己的观念。　㉞ 厥身：其身，作者自指。　㉟ 十室之邑：十户人家的小镇，喻一小块地方。　㊱ 肆心广意：随心所欲。　㊲ 弦歌：指以礼乐治理百姓。㊳ 游徼、啬夫：均为古代乡官名。《汉书·百官公卿表》："啬夫职听讼收赋税，游徼巡幸贼盗。"　㊴ 怒骥：健壮神骏的马。炎衢：热闹的街市。　㊵ 贲、育：指古代勇士孟贲和夏育。僾（ài）息：休息，栖息。僾：吸呼不顺，抽咽。

翻译

您不了解我辞官的意思，以为我像枚乘和汲长孺那样，因为曾经在京城做官，所以耻于当县令。又以为我因被推荐为秦邮州牧未获批准，心中不能不有所怨恨，受了刺激而逃避官位。这两种猜测都是不了解我。蒙受耻辱而救助百姓，这是古人所崇尚的；州牧与县令，能有多大区别？汉代人五十岁被荐举为秀才，也未称为老。我才三十三岁，前途正长着呢，岂能就认为怀才不遇而急急退隐呢？

人有能干的和不能干的，而为官也有可长做和不可长做的。就拿汉代奉公守法的好官来说吧，桐乡和渤海，做一城的长官，这是可以长久任职的地方。龚遂、朱邑能做此地的官，以至于长期行道而感化教育人民，生前荣耀，死后被人民悼念。京城、京畿地区，豪强众多，还得备办官员所需的一切供给，这是为官不可长久的地方。赵广汉、韩延寿能做此地的官，但时间久了果然没有好下场。江宁类似古代的京城,民事较少,备办供应的事繁重。处理民事,是我能做的;操办财物、供应接待,是我不能做的。现在硬要把这些事加在我身上,我勉强尽力干下来,已是四年了。就像渥洼的神马,滇南的宝象,虽然被床上执鞭人指挥跳舞,在朝廷上蹲着,但是受约束,勉强行事,常常担忧放纵出轨而遭责罚。我生性喜欢晚起,百事都不曾耽误。自从来到江宁,把夜晚当作白天,每天起床都把能听到鸡叫看作吉祥可贺的事。暗自想道:如果劳苦我自己是为了我的百姓,这是我心甘情愿的。如今不分早晚冒着风霜雨露地苦干,不过是参拜台府,迎往送来,为大官做奴隶罢了。那成千上万需要治理的百姓,还在熟睡中而丝毫不知。所以我是身子前往而心神不随,一边走着一边恼火。而谁知道到西边迎送,却误了东面的礼节;自以为张罗得十分齐全,却原来又缺了供给什么;生怕人家抢了先,结果还是落在人家后面了。不是到处奔波跪拜迎送,就是被上司怒视责怪。等到傍晚归来,围着衙门哭诉的老弱百姓数以万计,抢着来拉我的衣裳,这使我怎能忍心不点灯升堂判事,使他们全家能够安宁呢?等到判毕走进内室,各种文书堆积如山,又何敢不加以圈阅,大致浏览一过呢?刚刚脱衣休息,而驿站又传来驿票,报知某某官到了某某地方,便又突然惊醒,立刻起身去迎接。一个月中间,吃饭没有定时,不能按时早晚向母亲请安,天天如此,哪里还有空闲去督促农事、视察乡村,就像古代奉公守法的好官所做的那样呢?

而且一县的收入有限,而一个官员的供给无穷无尽。供给得好,那么考绩时因此可得个最好的评语;供给得不满意,那么考绩时只有得个下等的评语。我平时靠着一点小聪明来保全自己,所以能够不与上司的意旨有不同。但时间一久,真情渐为上司察觉而败露,非要逼出我不肖之心而丧失我的操守,必定大大遭来违背世俗的牵累而害了自己。事到如今,所以应该早作打算。如果能得到小小一块地方,随心舒意,以先王的礼乐之道来治理百姓,那么虽是地位低下的乡官,我必定会泰然安乐地做它一辈子。今天有乘骏马飞奔于热闹街市的骑手,即使是古代的猛士孟贲、夏育,也必然要在树荫下喘息一下。我也是稍息于树下的迟者,请您不要见怪。

答沈大宗伯论诗书

这是一篇论述诗歌观点的书信。沈大宗伯即与袁枚同时的诗人、学者沈德潜,他选评有《古诗源》《唐诗别裁集》《清诗别裁集》等影响很大的诗歌选集,其诗论反对浙派诗歌,尊唐贬宋,提倡诗歌要温柔敦厚,要关注社会人生,风格要含蓄不露等。袁枚在这封信中对此一一予以反驳,提出"诗有工拙,而无今古";认为诗歌"当变而变"是由诗的内容所决定的,"当变而不变"则是拘守形式;反对尊唐抑宋、标榜门户;主张诗歌要有真性情。此文代表了袁枚多方面的诗歌主张。

先生诮浙诗①,谓沿宋习、败唐风者,自樊榭为厉阶②。枚,浙人也,亦雅憎浙诗。樊榭短于七古,凡集中此体,数典而已③,索索然寡真气。先生非之甚当。然其近体清妙④,于近今少偶。先生诗论粹然,尚复何说。然鄙意有未尽同者,敢质之左右⑤。

尝谓诗有工拙,而无今古。自葛天氏之歌至今日⑥,皆有工有拙,未必古人皆工,今人皆拙。

即《三百篇》中，颇有未工不必学者，不徒汉、晋、唐、宋也。今人诗有极工极宜学者，亦不徒汉、晋、唐、宋也。然格律莫备于古，学者宗师，自有渊源。至于性情遭际，人人有我在焉，不可貌古人而袭之，畏古人而拘之也。今之莺花，岂古之莺花乎？然而不得谓今无莺花也；今之丝竹⑦，岂古之丝竹乎？然而不得谓今无丝竹也。天籁一日不断⑧，则人籁一日不绝⑨。孟子曰："今之乐，犹古之乐⑩。"乐即诗也。唐人学汉、魏变汉、魏，宋学唐变唐。其变也，非有心于变也，乃不得不变也。使不变，则不足以为唐、不足以为宋也。子孙之貌，莫不本于祖、父，然变而美者有之，变而丑者有之。若必禁其不变，则虽造物有所不能。先生许唐人之变汉、魏，而独不许宋人之变唐，惑也。

且先生亦知唐人之自变其诗，与宋人无与乎？初、盛一变，中、晚再变，至皮、陆二家⑪，已浸淫乎宋氏矣。风会所趋⑫，聪明所极，有不期其然而然者。故枚尝谓变尧、舜者，汤、武也⑬，然学尧、舜者莫善于汤、武，莫不善于燕哙⑭。变唐诗者，宋、元也，然学唐诗者莫善于宋、元，莫不善于明七子⑮。何也？当变而变，其相传者心也；当变而不变，其拘守者迹也。鹦鹉能言，而不能得其所以言，夫非以迹乎哉？

大抵古之人先读书而后作诗，后之人先立门户而后作诗。唐、宋分界之说，宋、元无有，明初亦无有，成、弘后始有之⑯。其时议礼讲学，皆立门户以为名高。七子狃于此习⑰，遂皮傅盛唐⑱，扼掔自矜⑲，殊为寡识。然而牧斋之排之⑳，则又已甚。何也？七子未尝无佳诗，即公安、竟陵亦然㉑。使掩姓氏，偶举其词，未必牧斋不嘉与。又或使七子湮沉无名，则牧斋必搜访而存之无疑也㉒。唯其有意于摩垒夺帜㉓，乃不暇平心公论，此亦门户之见。先生不喜樊榭诗而选则存之，所见过牧斋远矣。

至所云诗贵温柔，不可说尽，又必关系人伦日用㉔。此数语有襃衣大袑气象㉕，仆口不敢非先生，而心不敢是先生。何也？孔子之言，《戴经》不足据也㉖，唯《论语》为足据。子曰"可以兴"、"可以群"㉗，此指含畜者言之㉘，如《柏舟》、《中谷》是也㉙；曰"可以观"、"可以怨"，此指说尽者言之，如"艳妻煽方处"、"投羿豹虎"之类是也㉚;曰"迩之事父,远之事君",此诗之有关系者也;曰"多识于鸟兽草木之名",此诗之无关系者也。仆读诗常折衷于孔子㉛,故持论不得不小异于先生,计必不以为僭㉜。

---

① 诮(qiào):责备。　② 樊榭:厉鹗,字太鸿,号樊榭,钱塘(今浙江杭州)人。诗词标榜宋人,为清代浙派重要诗人。厉阶:祸端。　③ 数典:罗列典故。　④ 近体:指律诗。　⑤ 左右:敬词,等于说"足下"。　⑥ 葛天氏:传说是远古时代的君主。　⑦ 丝竹:弦乐器和管乐器的总称,泛指音乐。　⑧ 天籁:自然界的声响。　⑨ 人籁:人发出的音响。　⑩ "孟子曰"句:见《孟子·梁惠王下》,意思是今古音乐是一样的。　⑪ 皮、陆二家:指晚唐诗人皮日休、陆龟蒙。　⑫ 风会:风气会合,指时代思潮发展。　⑬ 汤:成汤,商王朝的建立者。武:周武王姬发,他起兵伐纣,灭殷而建立周朝。　⑭ 燕哙:燕王哙,战国时燕国国君。他中了苏代的计,以子之为相,把国事托给子之,自己为臣,结果国家大乱,战乱数月,自己也死了。这句意思是说,燕哙认真学尧、舜,但却是学得最差的一个。　⑮ 明七子:明代有以李梦阳、何景明为首的前七子和李攀龙、王世贞为首的后七子。　⑯ 成:明宪宗年号成化,公元1465—1487年。弘:明孝宗年号弘治,公元1488—1505年。　⑰ 狃(niǔ):拘泥。　⑱ 皮傅:以肤浅的见解牵强附会,从表面上相附会。　⑲ 扼擘(wàn):同"扼腕",

形容振奋的样子。 ⑳牧斋:清代诗人钱谦益的字。排:贬抑,批评。 ㉑公安:指明代以袁中道、袁宏道、袁宗道为首的公安诗派。竟陵:指明代以钟惺、谭元春为首的竟陵诗派。 ㉒"则牧斋"句:钱谦益有《列朝诗集》,录存明代诗歌。 ㉓摩垒:迫近敌方营垒。夺帜:夺取对方旗帜。 ㉔"至所云"三句:沈德潜《说诗晬语》载有这些诗歌观点。 ㉕褒衣大袑(shào):指阔大的气魄。褒衣:宽大的衣服。大袑:大裤。 ㉖《戴经》:汉代戴德、戴圣均辑《礼记》,分别称《大戴礼记》和《小戴礼记》,简称《戴经》。 ㉗"可以兴":此连下文所引孔子语,都见《论语·阳货》所载:"诗可以兴,可以观,可以群,可以怨。迩之事父,远之事君。多识于鸟兽草木之名。" ㉘含畜:含蓄。畜同"蓄"。 ㉙《柏舟》:《诗经》篇名。《中谷》:指《诗经》中的《中谷有蓷》篇。 ㉚"艳妻煽方处":语出《诗经·十月之交》。"投畀豺虎":语出《诗经·巷伯》。 ㉛折衷:同"折中",取两者之中,无所偏颇。 ㉜僭(jiàn):越礼、没有礼貌。

翻译

先生责备浙派诗歌,说是沿袭宋诗习气、败坏了唐诗风格,以厉鹗就祸端。我袁枚是浙江人,也很讨厌浙派诗歌。厉鹗的短处在七古诗,集子中凡是这种体裁的诗歌,都不过是罗列典故,实在缺少真性情,先生否定它很恰当。但他的律诗很清妙,近代能与之相比的很少。先生诗论很精粹,这没有什么好说的。但我私下有些跟您不完全相同的浅见,大胆跟您讨论一下。

我曾说过诗有好坏之别,但没有古今之分。从葛天氏的歌谣到今天,都有好有坏,不见得古人的都好,今人的都坏。即使《诗经》中间,也很有些写得不好而不必学的,不仅是汉代、晋代、唐代、宋代如此。今人的诗也有很好很适宜于学的,同样也不仅是汉、晋、唐、宋才有这种好诗。但是诗歌格律没有比古代更齐备的了,学习的人以古代为师,自有他们的源流。至于个人的性情遭遇,人人都有自己独有的特点,不能描摹古人而照抄,因为敬畏古人而受古人束缚。今天的莺花,难道是古代的莺花吗?但是不能说今天就没有莺花;今天的音乐,难道是古代的音乐吗?但是不能说今天就没有音乐。大自然的声音一天不断,那么人类的声音也就一天不会断绝。孟子说:"今天的音乐,就像古代的音乐。"音乐就是诗歌。唐代人学习汉、魏诗歌就变化汉、魏的诗歌风格,宋代人学唐诗就变化唐诗的风格。这种变化,不是有意要变,而是不得不变。假如不变,那么就不足以成为唐诗、不足以成为宋诗了。子孙的面貌,无不来之于祖父、父亲,但是有变得漂亮的,也有变得丑陋的,如果一定要禁止让他们不变,那么虽然是创造万物的上天也没有办法。先生允许唐代人变化汉、魏风格,而独独不允许宋代人变化唐代风格,真令人不解。

而且先生也知道唐代人自己也变化诗的风格,这和宋代人无关吧?初唐、盛唐风格一变,中唐、晚唐风格再一变,到皮日休、陆龟蒙两人,已几乎变得接近宋人风格了。时代风格发展的趋势,诗人聪明才智的发挥,有原本并不希望它这样而自然变成这样的。所以我常说改变唐尧、虞舜的,是成汤、武王,最善于学习尧、舜的也是汤、武,最不善于学习尧、舜的是燕王哙;改变唐诗风格的是宋代、元代,最善于学习唐诗的也是宋代、元代,最不善于学习唐诗的是明代七子。为什么呢?应当变化就变化,其传授是靠心的领会;应当变化却不变化,墨守的只是外部的形式。鹦鹉能说话,却得不到真正会自己讲话的本领,这不是因为光学表面的形式吗?

大体上古代的人是先读书再作诗,后代的人是先立派别再作诗。唐代、宋代分界的观点,宋代、元代没有,明代初年也没有,成化、弘治年以后才开始有。那时候讲礼仪讲学,都立派别以抬高自己的名声。明代七子被这种风气所约束,于是仅从形式上附会盛唐。还眉飞色舞地自我炫耀,实在太缺少见识。但是钱牧斋的排斥明七子,则又太过分。为什么呢?七子并不是没有佳作,即使公安派、竟陵派也是这样。假如隐去姓名,偶尔举出他们的诗句,也不见得钱牧斋就不赞赏。又假如明七子都默默无闻,那么钱牧斋必然要想法将他们的好诗寻访出来而使之留存,这是毫无疑问的。正因为他存心想要冲垮对方的营垒夺下他们的旗帜,所以顾不上作公正的评价,这实际上也是门户之见。先生不喜欢厉鹗的诗,而选诗时却毫不犹豫地保留了,见解要远远超过钱牧斋。

至于先生所说的诗以温柔为贵,不可以说得太绝对,又必须要关系到社会道德和现实生活,这几句话有儒家博大气魄,我嘴里不敢否定先生,但心里却不敢赞同先生。为什么?孔子的话,

《礼记》中记载的不足凭信,只有《论语》中的才足以为据。孔子说"可以兴"、"可以群",这是说的含蓄风格,像《诗经》中的《柏舟》、《中谷有蓷》就是这样;说"可以观"、"可以怨",这是说的直白净尽的风格,像《诗经》中的"艳妻煽方处"、"投畀豺虎"之类就是;说"迩之事父,远之事君",这是说《诗经》中与社会人生有关的诗歌;说"多识于鸟兽草木之名",这是说《诗经》中和社会人生无关的诗歌。我读诗常常遵从孔子的意见,所以所持的观点也不得不稍和先生不同,想来先生一定不会认为我没有礼貌。

牡丹说

本文记述一位主人种植牡丹失败的经过,借客人来分析议论其失败的原因,说明生物各有其本性,只有顺应自然,才能促其更好地生长,这是自然界的规律。如果不顾自然规律,一味率性而为,是不会得到好结果的。作者指出,"己尊而物贱","性果而识暗","自恃而不谋诸人",是主人失败的思想原因,教训深刻,寓意深长。

冬月,山之叟担一牡丹,高可隐人,枝柯鄂韡①,蕊丛丛以百数②。主人异目视之,为损重赀③。虑他处无足当是花者,庭之正中,旧有数本,移其位让焉。幂锦张烛④,客来指以自负。亡何花开,薄若蝉翼,较前大不如。怒而移之山,再移之墙,立枯死。主人惭其故花,且嫌庭之空也,归其原,数日亦死。

客过而尤之曰⑤:"子不见夫善相花者乎?宜山者山,宜庭者庭,迁而移之,在冬非春。故人与花常两全也。子既貌取以为良,一不当,暴摧折之,移非其时,花之怨以死也诚宜。夫天下之荆棘藜刺，下牡丹百倍者，子不能尽怒而迁之也。牡丹之来也，未尝自言曰：'宜重吾价，宜置吾庭，宜黜汝旧，以让吾新。'一月之间，忽予忽夺，皆子一人之为。不自怒而怒花，过矣！庭之故花未必果奇，子之仍复其处，以其犹奇于新也。当其时，新者虽来，旧者不让，较其开孰胜而后移焉，则俱不死；就移焉，而不急复故花之位，则其一死，其一不死。子亟亟焉，物性之不知⑥，土宜之不辨，喜而左之⑦，怒而右之⑧。主人之喜怒无常，花之性命尽矣！然则子之病，病乎其己尊而物贱也，性果而识暗也⑨，自恃而不谋诸人也。他日子之庭，其无花哉！"

　　主人不能答，请具砚削牍⑩，记之以自警焉。

---

① 枝柯鄂韡（wěi）：枝繁花茂。枝柯：枝条。鄂韡：花繁茂。鄂：通"萼"，指花托。韡：繁盛。　② 蕊：花苞。　③ 重赀：重价。赀同"资"。　④ 幂（mì）锦：以锦缎覆盖遮护，喻珍爱。幂：覆盖。张烛：点上烛火。　⑤ 尤：埋怨。　⑥ 亟亟：急急。　⑦ 左之：推崇它。古代尊左贱右。　⑧ 右之：贬抑它。　⑨ 果：武断。　⑩ 具砚削牍：准备笔墨纸张。具：备。削牍：古代削竹木做写字的简册。

翻译

冬天,山中有位老翁挑了一担牡丹,有一人多高,枝条繁密,花苞簇簇数以百计。主人对它另眼相看,出高价买下来。怕栽在别处和这棵牡丹不相称,庭院正中原有几棵牡丹,特地移到别处把地方让出来。上面用锦帐遮护,晚上点上烛火,客人来时常指着花感到自豪。不久,花开了,花瓣薄得像蝉的翅膀,大大不如原先的那几棵牡丹。于是主人愤愤地将它移到山上,再移到墙边,牡丹很快枯死了。主人感到对不起原有的那几棵牡丹,并且也嫌庭室太空,便将原来的牡丹移回原处,没过几天,也枯死了。

来访的客人埋怨主人道:"您没有见过善于种花的人吗?适宜在山上长的就栽在山上,适宜在庭院长的就栽在庭院,如果迁移它,应该在冬天而不是春天。所以人和花常能两全其美。您既然根据外貌认为那牡丹是良种,一见不如原来想的那样,立即粗暴地摧残损害它,移栽不按时节,牡丹花含怨而死理所当然。天底下荆棘、藜刺之类东西比牡丹低下百倍,您没有办法因为生气而统统把它们迁走。这牡丹来时,并不曾自己说:'应该看重我的身价,应该把我栽在庭院中,应该废除你原有的旧花,让给我这新来的。'一个月中,忽而珍视它,忽而贬抑它!都是您一个人所为。不怪自己却怪花,这就错了!庭中旧有的牡丹花,未必一定名贵,您仍然把它们移回原处,是以为它们比新买的要好。如果当初新的花虽然买来,旧的先不要移动,等开花后比较哪个更好,然后再移栽，那么就可以都不会枯死。即使移栽了，只要不急着把移走的花栽回原处，那么一个枯死，另一个可以不死。您急急忙忙，既不懂生物的习性，又不知道土壤适宜不适宜，高兴了就抬举它，生气了就摧残它，主人如此的喜怒反复无常，花的命也就送掉了。那么您的毛病在于光看重自己而轻视生物，性情专断而缺乏见识，自以为是而不和人商量。以后您的庭院中，大概不会有花木了。"

　　主人听了无言以对，于是就准备下笔墨纸砚，记下这件事作为自己的警戒。

清说

　　这篇议论文约写于袁枚任翰林院庶吉士时。历代统治者都喜欢以"清"来约束官员,唐代时就将"清慎明著"作为考核官吏的条件之一。文中针对历代统治者约束官吏的道德标准"清",论证了"清"的危害性,揭露了所谓"清"者的丑恶灵魂,指出他们故作姿态,虚伪之极,同时还列举了所谓"清"者的种种卑劣行为。这就触及了当时的某些社会弊端,又因为"清"字在清朝很是犯忌,所以引起了统治者的不满。写这篇文章是袁枚后来改官江南的重要原因之一。

　　清、慎、勤三字,司马昭训长史之言也①。后人奉之,不以人废言耳。然以畏葸为慎②,以琐屑为勤,犹之可也;以溪刻为清③,所伤者大,不可以不辨。

　　民之初生,无不清也,茹毛而已④,巢居而已⑤;民之初生,又不能清也,不能不食而茹毛,不能不居而构巢。中有圣人焉,增之以玩好,文之以器用,惧其过也,以礼节之。自夏桀酗歌恒舞⑥，而伊尹有侈德之戒⑦；周末文胜⑧，三家者以《雍》彻⑨，而夫子有宁俭之戒⑩。皆有为言之也。

后世不然。或无故而妄织蒲矣⑪，或无故而与蟹争食矣⑫。彼所好者，在乎矜名以自异⑬，则不得不权其轻重，舍此而鬻彼⑭。是俭其外而贪其中，洁其末而秽其本也，乌乎清？且天下之所以丛丛然望治于圣人⑮，圣人之所以殷殷然治天下者⑯，何哉？无他，情欲而已矣⑰。老者思安，少者思怀⑱，人之情也；而"老吾老以及人之老，幼吾幼以及人之幼"者⑲，圣人也。好货、好色⑳，人之欲也；而使之有积仓，有裹粮㉑，无怨无旷者㉒，圣人也。使众人无情欲，则人类久绝而天下不必治；使圣人无情欲，则漠不相关，而亦不肯治天下。后之人虽不能如圣人之感通㉓，然不至忍人之所不能忍，则絜矩之道㉔，取譬之方㉕，固隐隐在也。自有矫清者出㉖，而无故不宿于内，然后可以寡人之妻，孤人之子，而心不动也。一饼饵可以终日，然后可以浚民之膏㉗，减吏之俸，而意不回也。谢绝亲知，僵仆无所避，然后可以固位结主，而无所踌躇也。彼不欲立矣，而何立人？己不欲达矣，而何达人㉘? 故曰不近人情者,鲜不为大奸。

然则孔子何以有耻恶衣恶食之诮㉙? 曰:恶衣恶食,嫌之者,人之情也;耻之者,心之陋也。不曰"嫌",而曰"耻",则是以衣食为重轻,故贱之也。 不然,色恶不食,臭恶不食㉚,夫子非甘于恶衣恶食者也,而何以传于此言也? 且当贱贫时,而以恶衣恶食自轻;则当贵富时,必以恶衣恶食自重。 子路衣敝缊袍㉛,非可以衣狐貉而故为缊袍也,素贫贱行贫贱也。 若可以狐貉而故为缊袍,则必有缊袍狐貉之心交战于中,而忮求起㉜。伯夷以饿死称清㉝,而陈文子有马十乘亦称清㉞,清以心求,不以迹取也。

然则奢俭宜何从? 曰:圣贤以礼为归,豪杰唯情自适。 徐邈当魏武帝崇俭时㉟,不改其奢;当魏文崇奢时㊱,不改其俭,此衷之以礼也㊲。 武元衡当杨绾朴素之时㊳,盛饰如故;孔思远得珍玩服用不疑㊴,及其屡空,萧然自得。 此自适其情也。此三人者,真清者也。

清,美名也。 有大力者以美名震之而不移,则有大力者以恶名诱之而更不动。 知此者,可以立身,可以观人。

①"清、慎、勤"二句:《三国志·魏书·李通传》注说,司马昭曾训戒三长吏说:"为官者当清、当慎、当勤。修此三者,何患不治乎?"司马昭:三国魏大将军,晋立后追尊晋文帝。他时刻图谋代魏称帝,后世把他当作阴谋家的典型。长史:官名,汉、唐长史都是公府藩镇的主要副官,位高权重。这里当作长吏,旧指地位较高的官员。 ②畏葸(xǐ):害怕,畏惧。 ③溪(xī)刻:苛刻。 ④茹毛:茹毛饮血,连毛带血地生食鸟兽。 ⑤巢居:上古时人不会造房屋,只能筑巢而居,神话传说中有筑巢而居的有巢氏。 ⑥夏桀:夏代最后一个君主名,是古代暴君的典型,与商纣王并称"桀纣"。 ⑦伊尹:商汤时的名臣,名挚,曾助成汤伐夏桀。 ⑧周末:指东周末年。 ⑨"三家"句:《论语·八佾》篇载,东周鲁国当政的孟孙、叔孙、季孙三家祭祖时唱着《诗经·周颂》中的《雍》篇撤除祭品,指他们祭祀越出了规定的规格礼仪。因为《雍》是朝廷的祭歌。彻:同"撤"。 ⑩夫子:孔子。《论语·八佾》篇记载了孔子对三家的越礼行为很表不满。 ⑪妾织蒲:《左传》文公二年载,孔子说臧文仲有三不仁,"妾织蒲"是其中之一。是说他家人织席贩卖,与民争利。蒲:席。 ⑫与螬争食:《孟子·滕文公下》载,陈仲子饿了三天,见一个被金龟子吃了大半的李子,拿过来吃了。比喻与民争食争利。螬:蛴螬,金龟子的幼虫,俗名土蚕、地蚕。 ⑬矜名:自以为贤能而有好名声。 ⑭鬻(yù):养,育。 ⑮丛丛然:众多相聚的样子。 ⑯殷殷然:小心谨慎的样子。 ⑰情欲:欲望。 ⑱"老者思安"句:《论语·公冶长》载,子曰:"老者安之……少者怀之。"意思是让年老的得到安适,年

少的得到关怀。　⑲ "老吾老"二句:见《孟子·梁惠王上》。
⑳ 好货、好色:语见《孟子·万章上》。货:财物。　㉑ "而使之"二
句:《诗经·公刘》说:"乃积乃仓,乃裹餱粮。"指不愁吃穿,生活富足。
㉒ 无怨无旷:《孟子·梁惠王下》说:"内无怨女,外无旷夫。"怨女、旷
夫:指到婚龄而未婚配的男女。　㉓ 感通:此指人与人心灵相通。
㉔ 絜(xié)矩之道:衡量事物的方法。絜矩:度量。　㉕ 取譬之方:
《论语·雍也》:"能近取譬,可谓仁之方也已。"　㉖ 矫:假托,诈称。
㉗ 浚(jùn)民之膏:榨取百姓血汗。浚:榨取。膏:油脂,喻人民用血
汗积累的财富。　㉘ "彼不欲立"四句:《论语·雍也》载,"夫仁者,
己欲立而立人,己欲达而达人。"是推己及人之意。此四句意义相
反。　㉙ "然则"句:《论语·里仁篇》载孔子之言,"士志于道,而耻
恶衣恶食者,未足与议也。"意思是说,读书人有志于真理,如以吃粗
粮穿破衣为耻辱,这种人不值得同他商量。　㉚ "色恶不食"二句:
变色、发臭的东西不吃。语出《论语·乡党》。臭(xiù):指味道。
㉛ 子路:孔子弟子。衣敝缊(yùn)袍:《论语·子罕》载孔子语:"衣敝
缊袍与衣狐貉者立,而不耻者,其由也与?"敝缊袍:破旧的丝绵袍
子。狐貉:指皮裘,下文"衣狐貉"即由此句而来。　㉜ 忮(zhì)求:
忮:嫉恨。求:贪求。《诗经·雄雉》:"不忮不求,何用不臧?"　㉝ 伯
夷:商代孤竹君之子。因不愿继承王位,逃到周围。武王灭商后,他
耻食周朝粮食,最后饿死在首阳山。　㉞ "陈文子"句:孔子与学生
子张对话,认为陈文子虽有马十乘却仍是清的。见《论语·公冶
长》。　㉟ 徐邈:字景山,燕国蓟人,三国时魏臣。事见《三国志·徐
胡二王传》,魏武:魏武帝曹操。　㊱ 魏文:魏文帝曹丕。　㊲ 衷之
以礼:以礼作为标准。　㊳ 武元衡:字伯苍,河南缑氏人。杨绾:字

公权,华州华阴(今陕西华县)人。他是唐代玄宗时人,官至礼部侍郎。　㊴孔思远:孔觊,字思远,南朝宋时山阴(今浙江绍兴)人。宋孝武帝时官散骑常侍。事见《宋书·孔觊传》。

翻译

　　清、慎、勤三个字,是司马昭训导长史的话。后人信奉它,不因为司马昭人品不好就连他的好话也废弃了。但是把畏畏缩缩当做谨慎,把做些琐屑小事当做勤勉,还算勉强可以;把苛刻当做清廉,危害就大了,不能不予以辩正。

　　人类刚产生时,没有不清廉的,吃的是生食,住的是巢穴;而人类刚产生时,又是无法清廉的,不得不连毛带血生吃,不得不在巢穴中居住。其中产生了圣人,增加了玩赏的器物,把用具加以美化,怕过了头,于是制定了礼仪来加以限制。自从夏桀沉湎于歌舞酒色,伊尹便有了提倡俭朴之德的劝戒;东周末年做事讲究文饰,当时的孟孙、叔孙、季孙三家祭祀祖先超过规定的礼仪规格,因此孔夫子提出了节俭劝戒。这都是有所针对而说的。

　　后世不是这样。有的人无缘无故地与民争利,有的人无缘无故与民争食。他们所喜爱的,在于夸耀名声而标榜独特,因此就不得不惦量轻重,舍弃这些而养成那些。这是表面节俭而内心贪婪,末节上廉洁而本质上肮脏,哪里是真清?而且天下人都希望圣人来统治他们,圣人勤勉地治理天下,原因是什么啊?没有别的原因,都是由于心中有欲望,年老的想要安适,年少的想要得到关怀,这是人之常情;而能尊敬自家的老人并推广到尊敬人家的老人,爱护自家的小孩并推广到爱护人家的小孩子的,就是圣人。喜爱财物和女色,这是人的欲望。而使人民仓有积粮,家有食物,没有到年龄无法嫁娶的男女,就是圣人。假如让一般人没有欲望,那么人类早就灭绝而天下也就不必治理了;假如让圣人没有欲望,那么就会对人民漠不关心,也就不肯治理天下了。后来的人虽然不能像圣人一样心灵与外物相通,但也不至于硬是忍住人所无法忍住的欲望,那么衡量事物的方法,借作比喻的东西,本来就隐隐存在其中了。自从有假作清廉的人出现后,就有了无缘无故不住进内室,然后就可以使人家的妻子寡居,使人家的儿女孤苦,而心不为所动的人。就有了一块饼可以熬一整天,然后就可以拼命搜刮民脂民膏,削减官吏的薪俸,而决不改变主意的人。就有了跟亲朋好友断绝往来,手下仆人无法逃脱惩罚,然后就可以为巩固自己的地位而奉承巴结主子,竟毫无顾忌的人。他自己不想立,还会立人家?他自己不想前途通达,还会给别人通达前途?所以说不近人情的人,很少不是大奸人的。

然而孔子为什么有讥诮以坏衣服坏食物为羞耻的话呢?这是说:坏衣服坏食物,厌恶它,是人之常情;认为它耻辱,这是心地浅薄。不说"嫌",而说"耻",那是把衣服食物来衡量人的轻重,所以孔子轻贱它。如果不是这样的话,颜色不好不吃,味道不好不吃,孔子本不是喜欢坏衣服坏食物的人,为什么会流传下这话呢?

清说

并且在贫贱的时候,因坏衣服坏食物而自轻自贱;那么在富贵的时候,必然会由于穿坏衣服吃坏食物而看重自己。子路穿破棉袍,不是有条件穿皮衣而故意穿破棉袍,实是本来贫贱就做贫贱之事。如果有条件穿皮衣而故意穿棉袍,那么必然会有棉袍皮衣的念头不时在心里争斗,而嫉恨贪婪之心也就产生了。伯夷饿死而称清,而陈文子有十乘马也称清,清要从心里求,而不是光看其外面的行迹。

既是这样,那么奢侈俭朴究竟根据什么区别?回答是:圣贤把礼当做标准,而豪杰却只是根据自己的意愿去做。徐邈在魏武帝提倡俭朴时,不改变他的奢侈;在魏文帝提倡奢侈时,不改变他的俭朴,这是以礼作为标准。武元衡在杨绾提倡朴素的时候,照样服饰华丽;孔思远得到珍贵物品玩物之类只管享用,等到什么也没有时,还是悠然自得,这是以自己的情趣意愿行事。这三个人,都是真正清的人。

清是美名,力量大的人即使用美名来激励他也不能使他改变,那么力量大的人同样用恶名来引诱他也不能使他动摇。懂得了这个道理,就可以用它来立身,用它来观察别人。

黄生借书说

这是一篇简短而有味的议论文。黄允修向作者借书,袁枚不仅借给他书,还以这篇小文相赠,勉励黄生不要被客观上的困难条件所囿,而要变不利因素为有利因素,以此激发加倍努力读书上进的热情。作者不作空洞说理,而以具体事例劝导黄生。先举皇帝、富贵人家不读书的例子,说明有书未必能读的道理;再现身说法,以自己无书时读书如饥似渴,有书后反不读书的切身体会告诫黄生,具有很强的说服力。文中关于"读书必专"的议论,至今仍不乏其积极意义。

黄生允修借书,随园主人授以书而告之曰:书非借不能读也。子不闻藏书者乎?七略、四库①,天子之书,然天子读书者有几?汗牛塞屋②,富贵家之书,然富贵人读书者有几?其他祖父积、子孙弃者无论焉③。

非独书为然,天下物皆然。非夫人之物而强假焉④,必虑人逼取,而惴惴焉摩玩之不已⑤,曰:"今日存,明日去,吾不得而见之矣。"若业为吾所有，必高束焉⑥，庋藏焉⑦，曰："姑俟异日观。"云尔⑧。

余幼好书，家贫难致⑨。有张氏藏书甚富，往借不与，归而形诸梦，其切如是。故有所览，辄省记⑩。通籍后⑪，俸去书来，落落大满，素蟫灰丝⑫，时蒙卷轴。然后叹借者之用心专，而少时之岁月为可惜也。

今黄生贫类予，其借书亦类予。惟予之公书与张氏之吝书若不相类⑬。然则予固不幸而遇张乎？生固幸而遇予乎？知幸与不幸，则其读书也必专，而其归书也必速。为一说，使与书俱⑭。

---

① 七略：东汉刘向受汉成帝命校理皇家收藏的书籍，刘向死后其子刘歆接替其事，将所有校过的书籍写下概要，著为《七略》一书。四库：唐玄宗时曾将西都长安、东都洛阳的皇家书籍分为经、史、子、集四库，后中国古籍一直沿用此分类法。　② 汗牛塞屋：用"汗牛充栋"成语，形容书籍多，在家时塞满屋子，出外时用牛马运载，使牛马都拉出了汗。　③ 无论焉：不必说了，不必提了。　④ 夫人：此人，其人。假：借。　⑤ 惴惴（zhuì）：心中忧惧不安。摩玩：抚摸玩赏。⑥ 高束：束之高阁。　⑦ 庋（guǐ）藏：收藏。　⑧ 俟（sì）：等待。云尔：等于说"如此等等"。　⑨ 致：得到。　⑩ 省记：理解记忆。

⑪ 通籍:指入仕、做官。　⑫ 素蟫(yín):咬书籍的白色蠹虫。灰丝:尘土蛛丝。　⑬ 公书:使书公用。　⑭ 俱:一道。

翻译

　　黄生允修向我借书,随园主人给他书,而且告诉他说:书如果不是借的,反而不会认真读。你没有听说过藏书者的情况吗?七略、四库之类,是皇帝的书,但皇帝有几个读书的?搬书累得牛马出汗、藏书塞满屋子,是富贵人家的书,但富贵人家有几个读书的?其他像祖父、父亲积藏书籍,儿孙丢弃的就不必说了。

　　不光书是这样,天下的物品都是如此。不是其人所有的东西而勉强借来,必然担心人家来逼迫索取,于是心中忧惧不安地抚摸玩赏个不停,说:"今天在,明天就不在了,我就见不到了。"如果已经为我所有,那就必然束之高阁,收藏起来,说:"姑且等空闲的时候再观看。"如此等等。

　　我从小爱书,家境贫穷难以弄到。有个姓张的人家藏书很多,去借却不肯给,回来后做梦也想到书。当时心情迫切到这种程度。所以只要有书看,就用心记牢。等到做官后,用薪俸买书很容易,家中放得满满的,蛀虫在上面爬,灰尘蛛网时常落满书上,这时才叹息借来的书能专心阅读,而少年时代的岁月实在值得留恋。

　　如今黄生的贫穷和我一样,借书也和我相同,只是我的肯借书给人和姓张的舍不得借书给人不一样。那么我原本不幸而碰到张某吗？黄生本来就有运气才碰到我吗？懂得有幸与不幸，那么读书必然专心，而还书也就必然迅速。特意写这一篇文章，让黄生连同借的书一道带去。

浙西三瀑布记

乾隆四十七年(1782)初,袁枚曾去浙江游览了天台、雁荡、黄龙等名山,五月才归随园。本文即是这次游历中所作。文中描写天台、龙湫、石门洞三处瀑布,分别从视觉、听觉、感觉等多方面刻画三处瀑布的不同特点,穷形极态,使人仿佛如见,意蕴丰富,亲切动人。

甚矣,造物之才也! 同一自高而下之水,而浙西三瀑三异,卒无复笔。 壬寅岁①,余游天台石梁,四面崒者屃屭,重者甗隒②,皆环梁遮迣③。梁长二丈,宽三尺许,若鳌脊跨山腰,其下嵌空。水来自华顶④,平叠四层,至此会合,如万马结队,穿梁狂奔。 凡水被石挠必怒,怒必叫号。 以崩落千尺之势,为群磥砢所挡抳⑤,自然拗怒郁勃⑥,喧声雷震,人相对不闻言语。 余坐石梁,恍若身骑瀑布上。 走山脚仰观,则飞沫溅顶,目光炫乱,坐立俱不能牢,疑此身将与水俱去矣。 瀑上寺曰上方广,下寺曰下方广,以爱瀑故,遂两宿焉。

后十日，至雁宕之大龙湫⑦。未到三里外，一匹练从天下，恰无声响。及前谛视，则二十丈以上是瀑，二十丈以下非瀑也，尽化为烟、为雾、为轻绡、为玉尘、为珠屑、为琉璃丝、为杨白花。既坠矣，又似上升；既疏矣，又似密织。风来摇之，飘散无着；日光照之，五色映丽。或远立而濡其首⑧，或逼视而衣无沾。其故由于落处太高，崖腹中洼⑨，绝无凭藉，不得不随风作幻。又少所抵触，不能助威扬声，较石梁绝不相似。大抵石梁武，龙湫文；石梁喧，龙湫静；石梁急，龙湫缓；石梁冲荡无前，龙湫如往而复：此其所以异也。初观石梁时，以为瀑状不过尔尔，龙湫可以不到。及至此，而后知耳目所未及者，不可以臆测也。

后半月，过青田之石门洞，疑造物虽巧，不能再作狡狯矣。乃其瀑在石洞中，如巨蚌张口，可吞数百人。受瀑处，池宽亩余，深百丈，疑蛟龙欲起，激荡之声如考钟鼓于瓮内⑩。此又石梁、龙湫所无也。

昔人有言曰：读《易》者如无《诗》，读《诗》者如无《书》，读《诗》《易》《书》者如无《礼记》《春秋》⑪。余观于浙西之三瀑也信。

① 壬寅:乾隆四十七年(1782)。　② 崒(zú)者屼(zuī)屡(wēi),重者甗(yǎn)隒(yǎn):用《尔雅·释山》原文。崒:险峻。屼屡:山峰高峻。重:重叠。甗:古炊器,青铜或陶制成。隒:崖,岸,边。　③ 遮迾(liè):遮拦。　④ 华顶:即华顶峰,浙江天台山诸峰之一。⑤ 礧(lěi)砢(luǒ):通"磊砢",石头众多,堆积一起的样子。挡拟(bì):阻挡、拦挡。　⑥ 拗(yù)怒郁勃:形容水势受抑转急,奔腾激泻。　⑦ 大龙湫(qiū):浙江著名瀑布,位于雁荡山中。　⑧ 濡(rú):浸湿,浸润。　⑨ 中洼:中间凹下。　⑩ 考:击打。　⑪ "昔人"四句:语出唐李翱《答朱载言书》,意思是说人们总是把自己所看到的一点当做最好的。

翻译

自然界造物的本领真是太高妙了!同样是从高处流下的水,可是浙江西部的三处瀑布却有三种不同,毫无相似之处。乾隆四十七年,我游天台山的石梁,四周山岩高峻,峰岭重重叠叠仿佛蒸锅,都环绕遮护着石梁。石梁大约长二丈,宽三尺,像巨鳌的脊梁横跨在山腰,石梁下面完全是空虚的。瀑布自华顶山上流下,重叠为四层,到这里合为一处,像千万匹骏马结成队伍,穿过石梁奔腾向前。大凡急流如果被石块所阻挡,必然汹涌激荡,汹涌激荡就必然发出巨响。石梁瀑布从千尺高处直落下来,又被层层叠叠

浙西三瀑布记

的石块所拦阻，自然就汹涌奔腾，水声轰响如雷霆，游人面对面都听不到彼此的说话声。我坐在石梁上，恍惚就像自己骑跨在瀑布上一样。走到山脚下抬头仰视，飞散的水沫溅到头顶，使人眼花缭乱，无论坐立都无法安稳，怀疑身体就要随瀑布飘荡而去。瀑布上面有上方广寺，下面有下方广寺，我因为喜爱瀑布的缘故，就在两个寺院中都住宿了一夜。

十天后，我又游雁宕山的大龙湫，尚未到达，在三里以外，就见瀑布像一匹白练似的从天而落，却是无声无息。等到走到近前细看，只见二十丈以上乃为瀑布，二十丈以下却不是瀑布了，全都变得像烟云，像雾霭，像轻纱，像白玉屑，像珍珠粉，像琉璃丝，像飘扬的柳絮。已经是往下落了，却又像在向上升腾；已经很稀疏了，却又像密密交织在一起。山风一吹动，更显得飘忽不定；阳光一照射，又显得五彩缤纷。有时站在远处会打湿了头，有时逼近观看衣服上却无水渍。这是由于瀑布的落点过高，山崖中间凹陷，流下的水完全没有依托，于是随着风势变化动荡不定。加上水落时很少有山势阻碍，既不能助长水势，也不能发出声响，跟石梁瀑布毫无共同的地方。大致说来，石梁瀑布威武，龙湫瀑布文雅；石梁瀑布喧闹，龙湫瀑布静谧；石梁瀑布湍急，龙湫瀑布平缓；石梁瀑布一往无前，龙湫瀑布回环往复，这就是它们不同的地方。刚看到石梁瀑布时，以为瀑布的情状不过如此，龙湫可以不必去了。来到这里，才知道凡不是耳闻目睹的事物，都是不可以凭主观猜测的。

半个月后,经过青田山的石门洞,心想造物主虽巧妙,恐怕也翻不出新花样了。可是这里的瀑布却在石洞内,像巨大的河蚌张开大口,可吞下几百人。容受瀑布的地方,水潭有一亩多大,深有百丈,让人怀疑蛟龙要从潭中飞腾而起,激越震荡的声音像在瓮中敲打钟鼓一般,这又是石梁,龙湫的瀑布所没有的。

古人曾经说过:读过《易经》的人觉得好像不必读《诗经》,读过《诗经》的人觉得好像不必读《尚书》,读过《诗经》《易经》《尚书》的人觉得好像不必读《礼记》《春秋》。我看过浙江西部的三处瀑布以后,就相信这种说法了。

游黄山记

这是一篇记述游山经过的优美文字。文章描写山路险仄屡绝,尽管已请人背负,上下山时仍然感到惊心动魄,但在这奇险中更加体味到登山的乐趣。文章还描绘了黄山松树的奇状,云海、落日的奇观,万峰耸立的奇景。想象丰富,比拟贴切,取舍详略适宜,为黄山游记中的杰作。

癸卯四月二日①,余游白岳毕,遂浴黄山之汤泉。泉甘而洌,在悬崖之下。夕宿慈光寺。次早,僧告曰:"从此山径仄险,虽兜笼不能容②。公步行良苦,幸有土人惯负客者,号海马,可用也。"引五六壮佼者来,俱手数丈布。余自笑赢老乃复作襁褓儿耶!初犹自强,至愈甚,乃缚跨其背。于是且步且负各半。行至云巢,路绝矣,蹑木梯而上。万峰刺天,慈光寺已落釜底。是夕至文殊院,宿焉。

天雨寒甚,端午犹披重裘拥火。云走入夺舍,顷刻混沌,两人坐,辨声而已。散后,步至立雪台，有古松根生于东，身仆于西，头向于南，穿入石中，裂出石外。石似活，似中空，故能伏匿其中，而与之相化。又似畏天不敢上长，大十围，高无二尺也。他松类是者多，不可胜记。晚，云气更清，诸峰如儿孙俯伏。黄山有前、后海之名，左右视，两海并见。

次日，从台左折而下，过百步云梯，路又绝矣。忽见一石如大鳌鱼，张其口，不得已走入鱼口中，穿腹出背，别是一天。登丹台，上光明顶，与莲花、天都二峰为三鼎足，高相峙。天风撼人，不可立，幸松针铺地二尺厚，甚软，可坐。晚至狮林寺宿焉。趁日未落，登始信峰。峰有三，远望两峰夹峙，逼视之，尚有一峰隐身落后。峰高且险，下临无底之溪。余立其巅，垂趾二分在外。僧惧，挽之。余笑谓坠亦无妨。问何也？曰："溪无底，则人坠当亦无底，飘飘然知泊何所？纵有底，亦须许久方到，尽可须臾求活。惜未挈长绳缒精铁量之，果若干尺耳[3]。"僧大笑。

次日，登大小清凉台。台下峰如笔，如矢，如笋，如竹林，如刀戟，如船上桅，又如天帝戏将武库兵仗布散地上。食顷，有白练绕树，僧喜告曰："此云铺海也。"初濛濛然,镕银散绵,良久浑成一片。青山群露角尖,类大盘凝脂中有笋脯蠹现状④。俄而离散,则万峰簇簇,仍还原形。余坐松顶,苦日炙,忽有片云起为荫遮。方知云有高下,迥非一族⑤。薄暮,往西海门观落日,草高于人,路又绝矣。唤数十夫芟夷之而后行。东峰屏列,西峰插地怒起,中间鹘突数十峰⑥,类天台琼台⑦。红日将坠,一峰以首承之,似吞似捧。余不能冠,被风掀落;不能袜,被水沃透;不敢杖,动陷软沙;不敢仰,虑石崩压。左顾右睨,前探后瞩,恨不能化千亿身,逐峰皆到。当"海马"负时,捷若猱猿,冲突急走,千万山亦学人奔,状如潮涌。俯视深阮⑧、怪峰,在脚底相待。倘一失足,不堪置想。然事已至此,惴慄无益⑨。若禁缓之,自觉无勇。不得已,托孤寄命⑩,凭渠所往⑪,觉此身便已羽化⑫。

《淮南子》有"胆为云"之说⑬,信然。

初九日,从天柱峰后转下,过白沙矼,至云谷,家人以肩舆相迎。计步行五十余里,入山凡七日。

---

① 癸卯:乾隆四十八年(1783)。　② 兜笼:也叫"兜子",俗称"滑

竿",只有座位没有轿厢的软轿。　③ 精铁:熟铁。　④ 凝脂:凝结的白油脂。笋脯:笋干。干果之类称"脯"。　⑤ 迥非一族:完全不是一类的,完全不一样。迥:远。族:类。　⑥ 鹘(hú)突:模糊,不清楚,指群山为云似遮似掩的状态。　⑦ 天台:浙江天台山。琼台:天台山景观之一。　⑧ 阬:同"坑"。　⑨ 惴慄(lì):恐惧,颤慄。 ⑩ 托孤寄命:原指托付幼君和代行国君政令。此指将自己的性命交托于人。　⑪ 渠:他,人称代词。　⑫ 羽化:飞升成仙。　⑬ "《淮南子》"句:《淮南子·精神训》载:"故胆为云,肺为气,肝为风,肾为雨,脾为雷,以与天地相参也。"

翻译

乾隆四十八年四月二日,我游览白岳峰后,就在黄山的汤泉沐浴了。泉水甜美而清洌,在悬崖的下面。晚上在慈光寺住宿。第二天早上,和尚告诉我说:"从这里开始,山路狭窄危险,连滑竿也容不下。您自己步行太辛苦,幸亏当地有背惯游客的人,叫做'海马',可以雇用。"便领了五六个健壮的来,人人手里拿着几丈布。我自笑,瘦弱的老人又重做了襁褓中的婴儿!开始时还想强撑着自己走,等到疲劳不堪时,就绑缚在"海马"的背上。这样一半自己走一半靠人背着攀登。走到云巢,路断了,只有踩着木梯子上去。只见万座山峰直刺苍穹,慈光寺已经落在锅底了。当晚到达文殊院,住了下来。

天下着雨,非常冷,正午还要穿着厚皮衣烤火取暖。云气直扑进屋来,像要把房子夺去,一会儿功夫,屋内一片云雾迷濛,两人对面坐着仅能听到声音。云气散后,步行到立雪台。台上有棵古松,根生长在东面,树干倒向西面,树冠朝着南方,穿进山石中,又穿裂山石长出来。山石像是活的,似乎中间是空的,所以树干能藏身其中,而和山石合为一体。又像害怕天公而不敢向上生长,树干有十围粗,高度却不到二尺。其他松树像这样的很多,无法一一加以记述。晚上,云气更加稀薄,周围的山峰像儿孙拜见长辈一样俯伏着。黄山有前海、后海的名称,从立雪台向左右看,前海、后海都看得到。

第二天,从立雪台左侧转弯走下来,经过百步云梯,路又断了,忽然见一块石头像大鳌鱼,张开巨口,不得已只好走进鱼口中,穿过鱼腹从鱼背上出来,看到的又是一番天地。登上丹台,爬上光明顶,它和莲花、天都两座山峰,像鼎的三条腿一样高高地相互对峙,天风吹得人站立不住,幸亏地上松针铺有二尺来厚,很软,可以坐。晚上到达狮林寺住宿,趁太阳未落,又登上始信峰。始信峰有三座山峰,远看好像只有两座山峰相对耸立,近前看才见另一座山峰躲在它们背后。始信峰既高又险,下面就是深不见底的溪谷。我站在始信峰顶,脚趾头都露出二分在悬崖外边。和尚担心,用手拉住我。我笑着说掉下去也不要紧。和尚问为什么?我说:"溪谷没有底,那么人掉下去也就没有底,飘飘荡荡谁知道掉到哪里去?即使有底,也要很久才能到,完全可以再活一些时。可惜没有带着长绳吊下一块熟铁量一下,到底有多少尺深。"和尚大笑起来。

　　第二天,攀登大小清凉台,台下的峰峦像笔,像箭,像笋,像竹林,像刀枪剑戟,像船上的桅杆,又像天帝开玩笑地把武器库中的兵器仪仗散落地上。大概一顿饭的工夫,像有一匹白绢飘过来缠绕着树木,和尚高兴地告诉我说:"这是云铺海。"开始时朦朦胧胧,像熔化的白银、散开的丝棉团,过了许久,浑然凝成一片。青山全都露出一点角尖,像一大盘白脂油中有很多笋尖竖立着的样子。一会儿云气散去,见万座山峰聚集耸立,又都恢复了原貌。我坐在松树顶上,苦于太阳晒得厉害,忽然起了一片云彩为我遮蔽,才知道云彩也有高下的分别,并不全是一模一样的。傍晚时分,到西海门去看落日。山上草比人高,路又断了,叫来几十个工役把杂草割掉,然后再前进。东边山峰像屏风一样排列,西边山峰拔地而起,中间模模糊糊有几十座山峰,好像天台山的琼岛。红日快要落山,有一座山峰像用头顶着太阳,好像要吞下去,又像是捧着。我不能戴帽子,怕风将它掀掉;不能穿袜子,怕被水汽打湿;不敢拄拐杖,因为动不动就陷进软沙里;不敢抬头,怕山石崩塌压下。左顾右盼,前后探视,恨不得化成千万个身体,每一座山峰都走到。当"海马"背着我时,敏捷得像猿猴,向前直冲,千万山峰也学着人在奔跑,样子像潮水奔涌。低头看深谷、怪峰,在脚底下等待着。如果一失足,后果不堪设想。然而事情已经到了这一步,心惊胆战也无济于事。如果叫"海马"走慢一点,自己觉得也太胆小了。没有办法,只好把性命交付他们了,任凭他走到哪里,

游黄山记

觉得身体已经飘飘成仙了。《淮南子》有"胆气就是云"的说法,确实不错。

初九日,从天柱峰后面转道下来,过白沙矼,到达云谷,家人用轿子迎接我。这次共计步行了五十多里路,进山一共七天。

峡江寺飞泉亭记

这篇写景的文章,是袁枚遍游闽浙粤奇山异水后的产物。峡江寺坐落在广东高要市高峡山。本文与作者以前描写瀑布的文章不同,它不着重于描写瀑布本身,而是以飞泉亭为重点,以此映带峡江寺瀑布周围的环境及其特点;又从险夷和劳逸的角度,比较峡江寺瀑布与其他瀑布的不同之处,写出观赏峡江寺瀑布时的闲适安逸情致,表现了观瀑时的奇情妙趣。

余年来观瀑屡矣,至峡江寺而意难决舍,则飞泉一亭为之也。

凡人之情,其目悦,其体不适,势不能久留。天台之瀑离寺百步,雁宕瀑旁无寺。他若匡庐、若罗浮、若青田之石门,瀑未尝不奇,而游者皆暴日中,踞危崖,不得从容以观,如倾盖交①,虽欢易别。唯粤东峡山,高不过里许,而蹬级纡曲②,古松张覆,骄阳不炙。过石桥,有三奇树鼎足立,忽至半空凝结为一。凡树皆根合而枝分,此独根分而枝合,奇已③!登山大半,飞瀑雷震,从空而下。瀑旁有室,即飞泉亭也。纵横丈余,八窗明净,闭窗瀑闻,开窗瀑至。人可坐,可卧,可箕踞④,可偃仰⑤;可放笔砚,可瀹茗置饮⑥。以人之逸,待水之劳,取九天银河置几席间作玩。当时建此亭者,其仙乎?

僧澄波善弈,余命霞裳与之对枰。于是水声、棋声、松声、鸟声,参错并奏。顷之,又有曳杖声从云中来者,则老僧怀远抱诗集尺许,来索余序。于是吟咏之声又复大作。天籁人籁,合同而化⑦。不图观瀑之娱,一至于斯,亭之功大矣!

坐久日落,不得已下山,宿带玉堂。正对南山,云树蓊郁⑧,中隔长江⑨,风帆往来,妙无一人肯泊岸来此寺者。

僧告余曰:"峡江寺俗名飞来寺。"余笑曰:"寺何能飞?唯他日余之魂梦或飞来耳。"僧曰:"无征不信⑩。公爱之,何不记之?"余曰:"诺。"已,遂述数行,一以自存,一以与僧。

---

① 倾盖交:用《史记·邹阳传》引古谚语"倾盖如故"。是说路上相遇,停车而谈,放下车盖,比喻初次交往就一见如故。此用其字面意

义,喻相见短暂。　②蹬级:石阶。纡曲:弯曲。　③已:通"矣"。
④箕踞:两腿伸直而坐,指放诞不拘礼节的形态。　⑤偃仰:仰卧。
⑥瀹(yuè)茗:煮茶。瀹:以汤煮物。　⑦合同而化:用《礼记·乐
记》成语,意思是汇合融化在一起。　⑧蓊(wěng)郁:浓密。
⑨长江:指峡江。　⑩无征不信:用《礼记·中庸》成语,意思是没
有证据就不能相信。

翻译

　　我近年来观看的瀑布多了,来到峡江寺而心中难以舍弃,是因为飞泉亭这个亭子的缘故。

　　大凡人之常情,如果眼睛看着愉快,而身体感到不舒服,势必不能久留。天台山的瀑布,离寺庙有百步远,雁宕山的瀑布,附近没有寺庙。其他像庐山、像罗浮山、像青田的石门山,那里的瀑布并不是不奇妙,但游览的人都曝晒在烈日下,站在危险的山崖上,无法从容不迫地观赏,好像与友人在途中相遇,虽然高兴却不得不很快分手。只有广东东部的峡山,高不过一里左右,爬山的石级弯曲盘旋,古老的松树在上面遮蔽着,火热的太阳晒不到游客。过了石桥,有三棵奇树,像鼎的三只脚一样分立着,到半空中忽然合拢在一起。树木一般都是根株合在一起而枝干分离,这三棵树偏是根株分开而枝叶合拢,真稀奇!攀登上一大半,瀑布像雷鸣一样轰响,从高空飞泻下来。瀑布旁边有间房屋,这就是飞泉亭。亭子长宽有一丈多,八扇窗子明亮洁净,关上窗户听到瀑布的响

声,推开窗子瀑布就扑面而来。亭子里可以坐,可以躺,可以放松腿脚,可以随意舒展活动,可以放笔墨砚台,可以品茶饮酒。以人的安逸舒适,静待水的奔腾飞泻,就像把九天之上的银河放在书桌卧榻前赏玩。当时造这亭子的人,莫非是仙人啊!

澄波和尚善于下棋,我叫霞裳跟他对弈。于是瀑布声,棋子声,松涛声,鸟鸣声,错落着响成一片。过了一会儿,听到手杖触地的声音像从云中传来,原来是老和尚怀远抱着一尺多厚的诗集来,要我作序。于是吟诵诗文的声音又大响起来。大自然的声音,人的声音,完全汇合而融化在一起。想不到观赏瀑布的快乐,竟然到了这般境界,这亭子的功劳实在大啊!

坐了很久,太阳落山了,只好下山,住在带玉堂中,正对着南山,云气缭绕,树木浓密葱郁。中间隔着长长的峡江,江中船帆来来往往,妙的是没有一个愿意停船靠岸来到这座寺庙。

和尚告诉我说:"峡江寺,俗称飞来寺。"我笑着说:"寺庙哪能飞?只有日后我的梦魂也许能够飞来。"和尚说:"没有证据就无法相信,您既然喜爱这地方,为什么不作篇文章记下来呢?"我说:"行。"于是就写了这几行文字,一份自己保存,一份送给了寺里的和尚。

游武夷山记

本文记叙游览福建崇安境内的武夷山的经历。文章抓住武夷山山水结合的特点,以"九曲"为线索,重点描写舟游的情景,描绘了峰崖岩穴、竹树楼台的奇形异状,突出了武夷山曲、峭、新、逍紧的特色。行文中不时抒发心灵感受,饶有韵致。

袁枚这次游览在乾隆五十一年(1786),时年七十一岁。在文章中,他表示了从此息游的想法。但事实上,他在七十八岁高龄时还作了一次浙江天台山之游。

凡人陆行则劳,水行则逸。然山游者,往往多陆而少水。唯武夷两山夹溪,一小舟横曳而上,溪河湍激,助作声响。客或坐或卧,或偃仰,唯意所适,而奇景尽获,洵游山者之最也①。

余宿武夷宫,下曼亭峰,登舟,语引路者曰:"此山有九曲名,倘过一曲,汝必告。"于是一曲而至玉女峰,三峰比肩,睪如也②。二曲而至铁城障,长屏遮迣,翰音难登③。三曲而至虹桥岩,穴中庋柱栱百千④,横斜参差,不腐朽亦不倾落。

四、五曲而至文公书院⑤。六曲而至晒布崖,崖状斩绝,如用倚天剑截石为城,壁立戌削⑥,势逸不可止⑦。窃笑人逞势,天必夭阏之⑧,唯山则纵其横行直刺,凌逼莽苍而天不怒,何耶？七曲而至天游,山愈高,径愈仄⑨,竹树愈密。一楼凭空起,众山在下,如张《周官王会图》⑩,八荒蹲伏⑪；又如禹铸九鼎⑫,罔象、夔、魖⑬,轩豁呈形⑭。是夕月大明,三更风起,万怪腾踔⑮,如欲上楼。揭炼师能诗,与谈,烛跋⑯,旋即就眠。一夜魂营营然犹与烟云往来⑰。次早至小桃源伏虎岩,是武夷之八曲也。闻九曲无甚奇胜,遂即自崖而返。

嘻！余学古文者也,以文论山,武夷无直笔,故曲；无平笔,故峭；无复笔,故新；无散笔,故遒紧⑱。不必引灵仙荒渺之事为山称说,而即其超隽之概,自在两戒外别竖一帜⑲。余自念老且衰,势不能他有所往,得到此山,请叹观止⑳。而目论者犹道余康强㉑,劝作崆峒、峨眉想㉒,则不知王公贵人,不过累拳石㉓,浚盈亩池,尚不得朝夕玩游；而余以一匹夫,发种种矣㉔,游遍东南山川,尚何不足于怀哉？援笔记之,自幸其游,亦以自止其游也。

①洵(xún):确实。　②睾(gāo)如:高的样子。　③翰音:飞向高空的声音。　④庋(guǐ):收藏。柱栱:柱子斗栱。栱:斗栱,柱子上方支撑屋梁的方木。　⑤文公书院:也称隐屏精舍。宋朱熹曾在此讲学,朱熹死后谥文,因此得名。　⑥戍削:本形容衣服裁制合体,此指山陡如刀裁。　⑦逸:奔。　⑧夭阏:阻扼,参《随园记》注。　⑨仄(zè):狭窄。　⑩《周官王会图》:各国君王聚会的图画。《唐书·南蛮传》载,颜师古见外族来朝者服装奇异,奏道:"昔周武王时天下太平,远国归款,周史乃书其事,为《王会》篇,今万国来朝,至于此辈章服,实可图写,今请撰为王会图。"　⑪八荒:八方荒远之地。　⑫禹铸九鼎:大禹将九州贡来的金铸成九鼎,三代时成为传国之宝。　⑬罔象、夔(kuí)、魍(xiāo):泛指各种精灵鬼怪。罔象:水怪。夔、魍:山林中的精怪。　⑭轩豁呈形:清楚地显现其形态。轩豁:开朗。　⑮腾踔(diào):跳跃。　⑯烛跋:蜡烛燃尽。跋:火炬或烛燃剩的部分。　⑰营营:往来频繁的样子。　⑱遒(qiú)紧:警拔,指文章的气势。　⑲两戒:古人认为的两大山系。《新唐书·天文志》载,高僧一行"以为天下山河之象,存乎两戒"。　⑳观止:形容事物尽善尽美,无以复加。　㉑目论:比喻见识短浅。《史记·越王勾践世家》:"今王知晋之失计,而不自知越之过,是目论也。"　㉒崆峒:山名,在今河南临汝西南。峨眉:在山名,在今四川峨眉山市西南。　㉓累:同"垒",堆。　㉔种种:老年发短的样子。

游武夷山记

翻译

一般说来,人们走陆路容易疲劳,走水路就闲逸。但是在山区游览,往往是陆路多而水路少。只有武夷山是两座山夹着一条溪流,一只小船逆流而上,山溪水流湍急,发出悦耳的声响。游客可以坐,可以躺,可以随意俯仰,全凭自己的意愿,而山上的奇景一览无余,实在是所游山中最舒适的。

我在武夷宫住宿,从曼亭峰下来,上了船,对引路的人说:"这山有武夷九曲的名称,如果经过一曲,你一定要告诉我。"于是过第一曲而来到玉女峰,只见三座山峰比肩并列,高峻挺拔。第二曲来到铁城障,像长长屏风一样的山岩遮拦阻挡着,似乎声音也难传进去。第三曲来到虹桥岩,洞中像藏着千百根房柱斗栱,横斜高低,不腐烂也不倒塌。第四曲、第五曲来到文公书院。第六曲来到晒布崖,崖壁的形状刀斩似的,像用倚天长剑斩截石头为城,石壁陡峭耸立,像要向上奔腾,其势不可阻挡。我暗笑人若是仗势逞能,天公必然要加以扼制,唯有对山却放任它横行直刺,以至逼近苍天,而天也不发怒,这是为什么呢?第七曲来到天游峰,山越来越高,路越来越窄,竹子树木也越来越密。一座楼阁凌空而起,众山都在它的下面,像铺开一张《周官王会图》,八方荒远的山都蹲伏着罗拜;又像大禹铸造的九鼎,山林溪水中的各种精灵鬼怪,全都显露出它们的形态。这天晚上月色很亮,三更时分起了风,如同千万鬼怪在奔腾跳跃,就要上楼来。揭炼师父很能做诗,和他谈论,一直到蜡烛燃尽,才去睡觉。一夜梦魂索绕,飘飘然还在山中与云烟往来。第二天早上,来到小桃源伏虎岩,这是武夷山的第八曲。听说第九曲没有什么好景致,于是从崖上返回。

嘻!我是学古文的,如果用文理来形容山势,武夷山没有直笔,所以曲折;没有平笔,所以险峭;没有重复之笔,所以新奇;没有闲笔,所以警拔有力。不需要引用灵仙怪异荒诞虚无的传说替山称扬,就说它超隽的气概,也能在南北两大山系之外独树一帜。我自感年老体弱,势必不能再游别处,能够到武夷山,也就可算是看到了最好的景致而不会再有更好的了。光看表面的人,说我很健康,劝我再游崆峒山、峨眉山,他们不知道那些王公贵人,堆起几块拳头大的石头,开凿亩把大的池塘,尚且无法早晚玩赏,我一个平民百姓,头发已经短而稀少,能游遍东南一带的山川,难道心里还有不满足的吗?于是拿笔作记,既是为这次游览感到庆幸,同时也是用来自己终止自己的游历。

徐君星标墓志铭

这篇墓志铭实际上是一篇人物小传,记述了一个平民棋手的生平事迹。作者以徐星标年幼时与西江棋客的一次对弈,表现他的天赋,再概括描写他的高超棋艺,然后感慨他身怀绝技,却生不逢时,终于默默去世。文章中心突出,描叙生动,感慨不平,情真意切。

余尝铭弈国手之范西坪墓矣①,今又得一人于吴江梨里,曰徐君星标,名璇。生有心计,以赢废书②,性独好弈。父培云,故国手也,四方弈者争来相角③。星标衣文葆④,梳双丫髻,哑哑然旁立谛视⑤,竟日不去,亦不言。父奇之,微哂而已。

居亡何⑥,西江棋客来⑦,值培云外出,乃抱星标膝上,戏曰:"若能代而翁与我弈乎⑧?"应声曰:"唯。"客怜其幼,问让子若干。星标踧而请曰⑨:"儿主人也,客远来,愿让客先。"客笑而从之,甫数著⑩,觉有异势不能休,攒眉苦思,裁下一子⑪,星标随手支应⑫,即往阶下抛堶嬉戏⑬。客惧损名,佯作便旋状遁去⑭。当是时,星标年才十有一。

其布局审势虽本家法,而常出意外之奇。或敌人坚壁高垒,万无破法,星标强投数子于闲处,若惹人姗笑者。俄而近邻远映,若火生积薪中,燎原莫遏⑮;又如降兵内应,伏甲四起,观者且惊且喜且叫绝,而卒莫测其所以然。古称人能数遍天星⑯,则尽之棋势,星标其庶乎⑰?余按六朝人主好弈,有围棋大小中正之官,有以弈得太守者。使星标生其间,当如何荣宠,而竟没没然抱技以终。然则天下事有遇有不遇,类皆如弈耶!呜呼,惜矣!星标有子达源,能诗、能画,偏不能棋,星标亦不教也。

铭曰:天之所相,其生不偶,以故騄駬生七日而超其母⑱。吁嗟徐君世罕有,能向弈秋借其手⑲,坐隐一枰消永昼⑳。天年终时六十九,我为之铭葬高阜。棋之艺一日不绝,君之名一日不朽!

---

① "余尝铭"句:《小仓山房文集》卷五有《范西屏墓志铭》。此处"范

西坪"当做"范西屏"。 ②羸(léi):瘦弱。 ③相角:相斗,此指弈棋。 ④文葆:文绣的褓褓。葆:同"褓",此指儿童穿的绣花衣。 ⑤谛视:仔细审视。 ⑥亡何:不久。亡:同"无"。 ⑦西江:水名,在广东省西部。 ⑧若:你。而翁:你父亲。而:你。 ⑨跽(jì):一种跪的姿势,古人常用以表示恭敬。 ⑩甫:才,刚。著:即"着",下棋走一步或投一子称一着。 ⑪裁:同"才"。 ⑫支应:应付。 ⑬抛堉:也称"飞堉"、"抛垛",一种抛掷砖块的游戏,即古代的"击壤"。 ⑭便旋:小便。 ⑮莫遏:不能阻挡。遏:阻止。 ⑯天星:天上的星辰。 ⑰庶:庶几,即相近,差不多。 ⑱"以故"句:语出《玉篇》。駃騠(jué tí):即騠,公马与母驴所生,体与力均优于驴。 ⑲弈秋:传说中极善于下棋的人。 ⑳枰(píng):棋盘。

翻译

我曾为下棋的国手范西屏作墓志铭,如今在吴江梨里又得到一人,就是徐君星标,名璇。他生来很有心智,因为身体弱而没有读书,生性只是喜爱下棋。父亲培云是旧时下棋的国手,四面八方下棋的人争着来一比高下。星标穿着绣花童衣,梳着两个丫髻,默默地站在旁边注意观看,整天不离开,也不说话。他父亲感到惊异,但也只是微笑而已。

没过多久,西江有棋客来,正巧培云外出。客人于是把星标抱在膝上,开玩笑说:"你能代你父亲和我下棋吗?"星标随即答应说:"行。"客人念他年纪小,问要让他多少子。星标跽坐着对客人说:"孩儿我是主人,您是远来的客人,愿让您先走。"客人笑着听从了。才下了几着,觉得有股非常的棋势难以阻挡,皱着眉头苦苦思索,才下一子;星标随手应着,又马上到台阶下面玩抛砖游戏去了。客人怕坏了自己的名声,假装要小便的样子偷偷逃走了。这时候,星标才十一岁。

他下棋的布局和审度棋势虽然是出于家传,但常有出其不意的妙着。有时对手严密防守,绝没有破它的办法,星标就故意在闲处硬下几子,像惹别人取笑似的。一会儿棋势却远近照应,像火生于一堆木柴之中,变成了不可遏止的燎原大火;又像投降的士兵作了内应,一时间伏兵四起,看的人又吃惊又高兴连连叫绝,却始终摸不透其中的奥妙。古人传说能数遍天上的星星,那么就能完全了解棋势,星标大概差不多就是这样吧!我看六朝时皇帝喜爱下棋,有围棋大小中正的官,有靠下棋得到太守官职的。假如星标生在那时,将会多么荣耀得志,不料竟无声无息身怀绝技而死去,这样说来,天下的事有际遇好有际遇不好,都像这下棋一样啊!嗨,真可惜啊!星标有儿子名达源,能作诗,能画画,偏偏不会下棋,星标也不教他。

墓志铭道:上天所爱,生不逢时,因此骡驹生下七天体力超过其母。徐君星标举世少有,他的棋艺如同弈秋,埋头一局消磨长昼。逝世之时年六十九,我为作铭葬在高丘。天下棋艺一日不绝,他的高名一日不朽。

徐君星标墓志铭

帆山子传

本文紧扣帆山子"性逋宕不羁"下笔,通过谈吐、举止、衣着、生活习性乃至相貌,突出了帆山子的"真气盎然",塑造了一个粪土功名,豪放不羁而又自尊自爱的形象。

真州有逸人曰帆山子,性逋宕不羁①,虽补弟子员②,非所好也。读经书悉通晓,卒不为先儒所囿③。尝曰:"汉儒泥器而忘道④,宋儒舍情以言性,皆误也。今试策士而问之曰⑤:何谓仁,何谓义?对者瞭然无所乖舛⑥。再问之曰:梡嶡若何形⑦?壤奠若何数⑧?议者昏然,异同纷起。何也?道有定,器无定故也。或下一令曰:途遇彼姝⑨,平视者答,受答者必多;又下一令曰:归而家能殴兄若妹者赏,受赏者必少。何也?一情中所有,一情中所无也。善为学者,务宣究大义而顺人情以设教。"其持论快彻,大率类是。

余每至邗江⑩,必招与俱。帆山知余之好之也,扼掔而谈⑪,汨汨如倾河。听者舌缉口呿⑫,

不敢发一难。尤长于说往事，叙先贤遗迹，凡可喜可愕，可呕噱绝倒者⑬，腾其口抑扬而高下之，尽态极妍，虽优施之假孙叔敖⑭，李龟年之谈开元、天宝⑮，不是过也。

身短而髯，圆面。终身布衣，家无担石⑯，气象充充然，不类贫者。逡巡有耻⑰，遇人无町畦⑱。假馆某某家⑲，偶不可于意，色斯举矣。居常不系袜，或戴道士冠，挂麈尾⑳，幅巾㉑，几上罗列觿燧图书㉒、佩环小器㉓，楛狭零星㉔，手自摩拭。虽匽溷所㉕，必折埊扫涤㉖，纤尘不留。见美男子则惵然意下㉗，目往而足欲随，或尤之，笑曰："吾何与哉？《易》称'见金夫，不有躬'㉘，圣人诏我矣。"其风趣如此。

姓员，名燉，字周南。帆山子，其别号也。先世陕人，学第五伦载盐来扬州㉙，卒致折阅㉚。年七十四而终。

论曰：庄子有"人貌而天"之说㉛，帆山子真气盎然，盖纯乎天者也。闻临终预知死期，奉其祖、父木主埋先人垅中㉜，而以所玩器物尽贻朋好，拱手而逝。自称无方之民㉝，其信然矣。其执友江吟香素敦风义㉞，有友五人，哀其无后，每逢寒食㉟,辄具鸡黍纸钱,设位,祀之于江上之延生佛舍。 帆山,其一也。 盖即宋玉《招魂》、圣人"于我殡"之义㊱。 呜呼,仁哉!

---

① 逋(bū)宕不羁:散漫不受拘束。　② 弟子员:汉代称太学生为弟子员,明清时称县学生员为弟子员,即秀才。　③ 囿(yòu):拘限,限制。　④ 泥器而忘道:拘泥于具体事物而忘了大道理。器:有形的具体事物,与"道"相对。　⑤ 试策士:指科举考试的考策问。　⑥ 乖舛(chuǎn):谬误,不正确。　⑦ 梡(kuǎn)嶡(jué):古代祭祀时陈列供品的案板,"梡"与"嶡"形状不同。　⑧ 壤奠:以土产为贡物。数:数量。　⑨ 姝:美女,青年女子。　⑩ 邗(hán)江:地名,今属江苏省扬州市。　⑪ 扼擘:激动的样子。参《答沈大宗伯论诗书》注。　⑫ 舌絓(jú)口呿(qū):张口结舌,说不出话来。　⑬ 噁(wà)噱(jué):大笑。绝倒:大笑不能自持。　⑭ "虽优施"句:《史记·滑稽列传》载,春秋时艺人优施见楚相孙叔敖身后萧条,子孙穷饿,便装扮成孙叔敖讽谏楚王。　⑮ "李龟年"句:李龟年是唐代著名宫廷乐师,安史之乱后流落江南,能说唐代开元、天宝年间的盛事,后不知所终。　⑯ 担石:一担的数量,喻微少。石:重量单位,一百二十斤为一石。　⑰ 逡巡有耻:行为有所顾忌约束,有自尊心。　⑱ 町(tǐng)畦:田界,田塍,比喻戒心,机心。　⑲ 假馆:寄宿。　⑳ 麈(zhǔ)尾:拂尘。　㉑ 幅巾:古时男子的束发巾。　㉒ 觿(xī)燧:泛指用具、玩好之类。觿:古代用以解结的角锥。燧:火镜,古代取火之具。　㉓ 佩环:玉佩。　㉔ 楉(tuǒ)狭:指各种小盛器。楉:同

袁枚集

"椭",小桶类的木器。狭:狭长之器。 ㉕ 圂湢(bì):指角角落落的地方。圂,圂厕,污水沟。湢:浴室。 ㉖ 折聖(jí):折下蜡烛的余烬。 ㉗ 惵(dié)然:害怕的样子。 ㉘ "《易》称"句:见《易·蒙》,意思是女子见有金的男子,不能自保其贞洁。此借以自嘲。 ㉙ 第五伦:汉章帝时人,久官不达,于是改变姓名,载盐往来于太原、上党等地发卖。 ㉚ 折阅:减低售价,后常指亏本。 ㉛ "庄子"句:此语见《庄子·田子方》。此句历来有不同的标点法和解释,大意是指人能够保持真性。 ㉜ 木主:为死者立的木制牌位。垅:坟墓。 ㉝ 无方之民:不知行礼义的人。《礼记·经解》:"不隆礼,不由礼,谓之无方之民。"方:指礼法。 ㉞ 执友:亲密朋友。执:同"挚"。 ㉟ 寒食:寒食节。《荆楚岁时记》:"冬至后一百五日为寒食。" ㊱ 宋玉《招魂》:战国时楚人宋玉曾作《招魂》,东汉王逸认为是为屈原招魂。圣人"于我殡"之义:《论语·乡党》载:"朋友死,无所归,曰于我殡。"意思是朋友死了我来殡葬。圣人:指孔子。

翻译

真州有隐逸之人叫帆山子,性格散漫不受约束,虽然补上了秀才,但并非他的喜爱。读经书都能通晓,却终不受前代儒师的束缚。他曾经说:"汉代儒师拘泥于具体事物而忘了根本道理,宋代儒师丢弃情感而谈性理,都是错误的。如今考策问而问考生道:什么叫仁,什么叫义?答的人清清楚楚,不会出什么差错。再问他们道:桄橚是什么样子?壤奠是多少数量?议论的人就糊涂了,答案各种各样。为什么呢？因为事物的道理是一定的,而具体事物却多种多样没有一定。假如下一道命令说:路上遇到美貌女子,眼睛直视的要受抽打,被打的人必然很多；再下一道命令说:如能回家打哥哥和妹妹的就有赏,得到赏赐的人一定很少。为什么呢？一个是人情中所常有的,一个是人情中所没有的。善于学习的人,一定会考察大道理而顺着人的一般情理来施教化。"他的论说痛快透彻,大概就像这样。

我每次到邘江,一定叫他来作伴。帆山子知道我喜欢他的议论,常是慷慨激昂而谈,滔滔不绝像倾泻的黄河。听的人张口结舌,不敢提出一个疑问。他尤其擅长于述说往事,述说前代圣贤的事迹,凡是使人感到高兴感到惊奇,感到滑稽可笑的,张嘴加以褒贬评论,讲得极尽其妙,即使是古代的优施装扮孙叔敖,李龟年谈唐代开元、天宝年间的盛事,也无法超过他。

他身材矮而有胡须,圆脸,终身都是平民百姓,家里没有一担存粮,但是很有气度,不像贫穷的人。举止行为有节制而有自尊心,对人直爽不存戒心。寄居在某人家时,偶然有不如意,脸色就不好看了。平时常不穿袜,或者戴道士帽,挂着拂尘,头上束着头巾。几案上摆放着玩物图书、玉佩之类的小东西,各种零碎的小器具,经常自己动手擦拭。虽是一些角角落落的小地方,也一定要用蜡烛照着打扫洗涤,一点灰尘都不留。见到漂亮男子就心慌意乱,眼睛盯着而脚像要跟着。有人笑他,他笑着说:"我哪里是真想做什么？《易经》上说:'见金夫,不有躬。'这是圣人教导我的。"他就是如此风趣。

他姓员,名叫燉,字周南,帆山子是他的别号。先辈是陕西人,学汉代的第五伦载盐到扬州来卖,终于折了本。他七十四岁去世。

论道:庄子有"人貌而天"的说法,帆山子身上充满真气,纯粹是天性漾溢的人。听说他临终的时候预先知道死期,把他祖父、父亲的木牌位埋在先人坟墓中,把玩物器具等都送给了亲朋好友,拱手而死去。他自称是不行礼义的人,确实也是这样。他的至交好友江吟香素来很重节义,有五个朋友,怜悯他们没有后代,每逢寒食节,都要备上鸡鸭饭食纸钱等,设灵位,在江边的延生佛舍祭祀,帆山子就是五个人中的一个。这是宋玉为屈原招魂、圣人为朋友殡葬的义行。呜呼,真是仁人啊!

复江苏臬使① 钱玙沙先生②

江苏按察使钱琦来信诚恳地询问为官之道,袁枚在这封信中将自己的政见直率地告诉他。信中强调考察官员的重要远胜于自己亲自去断案审狱,强调官正自然就能狱平。后半部分论证"明"和廉、贪,"明"和勤、惰的关系,指出当时吏治的一些弊病,针对现实。有感而发。

这是一封写给上官的信,措辞委婉得体,但没有丝毫的虚文俗套。

① 臬使:也作臬司,按察使的别称。 ② 钱玙沙:钱琦,字相如(一作相人),号玙沙,晚年自号耕石老人,仁和(今浙江杭州)人。乾隆进士,官至布政使。

枚于吏术虽曾尽心①,然卸惠文冠久矣②,不复省记。蒙公苦言至意,勤勤下询,譬如贾人还家,鬻余之货③,自分弃置灰没④,无所于用,忽有大富人物色之⑤,其不倾囊以献者⑥,非情也。具状州县利弊如左⑦,伏冀采择⑧。枚窃愿公行其道以救时者,无他,亦在官思官而已⑨。

按察使何官乎? 按者,按狱也;察者,察吏也。二者孰急？察吏为急。何也？狱之上闻者，公得而按之，其不上闻者，公不得而按之也，其得而按之者，吏也。公能察吏，则狱皆平，而不按如按矣。然所谓察者，又非琐屑窥伺，攻讦阴私之谓也⑩。本朝徐雨峰巡抚江苏⑪，不设逻者⑫，不采风闻⑬，其时吏治蒸蒸⑭，贤才众多。考其所以致之者，有道焉：州县参谒，必具狱令判⑮，闭门而试。其合者荐之，其不合者教之，其屡教而不能者黜之，徐公之言曰："吾不知所谓四善也⑯，八法也⑰，官在识治体⑱、晓民情而已。"大哉言乎⑲！晓与识无他，唯其明而已矣。今人不明之是求，而先廉之是求，不知不明而廉，不如其不明而贪也。不明而贪，贪即其医昏之药也，贫者死，富者生焉。不明而廉，则无药可治，而贫富全死于非法矣。今人不明之是求，而先勤之是求；不知不明而勤，不如其不明而惰也。不明而惰，惰即其寡过之一端也，其所枉谬者，月不过一二事；不明而勤，则卤莽断割而枉谬者⑳，日且千百事矣！此数语似发言偏宕㉑，然实代闾阎颦蹙而言㉒，非过激也。江南积弊久矣，岂无一二上游畜意澄清㉓？然非起家贵胄㉔，则迂袭理学，于

复江苏臬使钱玙沙先生

用人行政，或皮相貌取㉕，或头痒搔跟，无益于治㉖。且其病在位尊，去九重近而离百姓远㉗，故务竭精神，揣上意，左氏所谓奉己而不在民㉘，此近日之大病也。

明公官虽尊，尚隔一间㉙，及此勤施于四方㉚，时乎时乎㉛！然古之君子作事都有次第，改弦更张㉜，势当渐靡而往㉝，不露锋颖㉞。倘求治太急，务为今是而昨非㉟，以形容前此上游之赘设㊱，则惴且愧者众，而道将有所不行。又或进锐退速㊲，严于始而宽于终，均非所以为治也。谨空胸腹，陈愚见，惟省览焉。

---

① 吏术：指为官之道。　② 惠文冠：汉代侍中、中常侍之冠称赵惠文冠，后泛指文官之冠。　③ 鬻(yù)：卖。　④ 自分：自应。灰没：任其毁坏。　⑤ 物色：访求。　⑥ 倾橐(tuó)以献：全部献出来。橐：盛物袋。　⑦ 州县：指州、县官。如左：等于说"如下"。古籍竖排右起，故称。　⑧ 伏冀：希望。伏：表敬词，无意义。采择：选择。　⑨ 在官思官：在官位就想着做官之事。《礼记·曲礼》："在官言官，在府言府，在库言库，在朝言朝。"　⑩ 攻讦(jié)：攻击，指摘。　⑪ 徐雨峰：徐士林，字式儒，号雨峰，山东文登人。康熙进士，官至巡抚，为官有政声。　⑫ 逻者：来往访察之人。　⑬ 风闻：传闻。

⑭ 吏治蒸蒸：用《汉书·酷吏传》成语，是说吏治单纯平和。 ⑮ 狱：案件，案卷。 ⑯ 四善：唐代提出的考核官吏标准，即"德义有闻"、"清慎明著"、"公平可称"、"始勤匪懈"四条，后代沿用时有变动。 ⑰ 八法：明代以"贪、酷、浮躁、不及、老、病、罢（疲）、不谨"八法参劾官吏，清代略有更动，八法内容为"不谨慎、罢软无为、浮躁、才力不足、老年、疾病、贪欲、惨酷"八条。 ⑱ 治体：治国的根本所在。此指吏治的方法。 ⑲ 大哉：赞辞。《易·乾》："大哉乾元，万物之始。" ⑳ 卤莽断割：粗疏武断。 ㉑ 发言偏宕：说出来的话片面、偏激。 ㉒ 间阎：泛指民间。颦（pín）蹙（cù）：皱眉，喻疾苦，劳苦。 ㉓ 上游：指职位较高的官。畜意：存心，有意。畜：同"蓄"。 ㉔ 贵胄：贵族后代。 ㉕ 皮相：指从表面看问题，只看外表。貌取：意同"皮相"。 ㉖ "头痒搔跟"句：用汉焦延寿《易林》"头痒搔跟，无益于疾"语意。跟：脚跟。 ㉗ 九重：指宫禁，朝廷。 ㉘ 左氏：指作《春秋左氏传》（即《左传》）的左丘明。奉己而不在民：为自己打算，不为百姓着想。《左传》僖公二十八年："茍吕臣实为（楚）令尹，奉己而已，不在民矣。" ㉙ 一间：一点点距离，一点点间隔。 ㉚ 勤施于四方：《尚书·洛诰》："唯公德明光于上下，勤施于四方。"施：指施政、施教化。 ㉛ 时乎：嗟叹词，是说时机不可失去。《史记·淮阴侯列传》："功者难成而易败，时者难得而易失也。时乎，时不再来。" ㉜ 改弦更张：调整乐器之弦，比喻改变法度或作法。 ㉝ 渐靡（mí）：指逐步感化教育。 ㉞ 锋颖：锋芒。 ㉟ 今是而昨非：用陶渊明《归去来辞》成句。是：对。非：不对。 ㊱ 形容：显示，描述。赘：多余的。 ㊲ 进锐退速：用《孟子·尽心上》"其进锐者其退速"语，是说进得快退得也就快。

复江苏臬使钱玙沙先生

翻译

我对为官之道虽曾尽心,但卸任已久,不再记得了。承蒙您诚意苦请,殷勤下问,就好像商人下市回家,卖剩的货物,自应丢弃一边,任它毁坏,派不上什么用场,忽然有大富人访求它,不通通把它献出来,就不是人之常情了。因此将做州县官的利弊得失述说如下,供您择选采用。我私下希望您行正确的做官之道以救时弊,没有别的,不过是在官位就想着职内之事罢了。

按察使是什么官呢?按,就是处理案件;察,就是考察官吏。两者哪个更急迫?考察官吏更急迫。为什么?因为案件上报的,您可以判断处理它,那些不上报的,您就没法判断处理了。判断处理这些案件的,是下面的官吏。您能考察监督官吏,那么案件就能处理公正,虽然不曾亲自判案也就等于亲自判案了。但是所谓考察官吏,也并不是指去悄悄查访那些琐屑小事,揭发人家的阴私。本朝徐雨峰任江苏巡抚,不设来往访察之人,不听信传闻,那时吏治单纯平和,贤能的人很多。考察一下所以能这样的原因,其中很有道理:州县官来参见,必定拿案件叫他判断,关起门来考察他们。断案正确的推荐之,不正确的就教他,多次教他还是不行的就免去其官职。徐公有这样的话:"我不知道什么四善、八法,做官在于懂得吏治的方法、了解百姓的情况而已。"这话说得多好啊!了解民情和懂得吏治没有别的,只在于明白晓事而已。现在人不求明白晓事,而先求廉洁,不知道不明而廉洁,不如不明而贪婪。不明而贪婪,贪婪就是医治他的昏庸的药物,贫穷的死去,富裕的还能求得生路。不明而廉洁,那就无药可治,穷的富的都将死于不公正的判决。现在人不求明白晓事,而先求勤于职事,不知道不明而勤,还不如不明而懒惰。不明而懒惰,懒惰就是减少过错的一个因素,被他错判的冤案一个月不过一两件;不明而勤于职事,那么由于粗疏武断而错判错办的,一天恐怕有千百件了!这些话看起来似乎说得偏激,但实在是代那受害的百姓而说的,并非过于偏激。江南旧有的弊病很多,难道就没有一两个高官诚心要加以清除?但是他们不是出身贵族,就是迂腐地按理学的一套办事,在任用人才、施行政令方面,或者是从表面上看问题,或者是像头痒抓脚一样不着边际,无益于治理百姓。况且他们的弊病在于官位太高,离朝廷近而离百姓远,所以总是费尽心力,捉摸上司的意思,正像《左传》中所说的光为自己打算,不为百姓着想,这是近来的大问题。

您官位虽高,但离朝廷还有一点距离,趁这时勤施惠政于地方,真是难得的好时机啊!但古代的君子做事都有个先后次序,要改变政令,势必应当慢慢地加以感化教育,不露锋芒。如果求治太急,一定要追求个现在对而过去不对,以此来显示原先的官员政令的不当,那么感到气恼而又惭愧的人就会很多,而政令也将难以施行。又或者推进迅猛而退得也快,开始严厉而后来宽松,这些都不是治理百姓的好办法。谨将我能想到的愚妄意见和盘托出,请您审察。

复江苏臬使钱玙沙先生

再答黄生

这封书信中的"黄生"即《黄生借书说》一文中提到的青年士子黄允修。这封信劝告黄生不要被风气所影响,去赶时髦搞考据之学,语重心长地分析了黄生弃诗文而从考据之学的种种不利因素,揭示了无论是写作还是做学问,都必须发挥自己的长处,避开其短处的道理,同时也揭露了当时许多所谓考据家仅得前代学者皮毛的弊病。

近日海内考据之学①,如云而起。足下弃平日之诗文,而从事于此,其果中心好之耶②,抑亦为风气所移,震于博雅之名,而急急焉欲冒居之也?

足下之意,以为己之诗文,业已是矣;词章之学③,不过尔尔,无可用力,故舍而之他。不知天下无难事,只怕有心人;天下无易事,只怕粗心人。诗文非易事也,一字之未协,一句之未工,往往才子文人穷老尽气,而不能释然于怀,亦唯深造者方能知其症结。子之诗文未造古人之境,而半途弃之，岂不可惜？且考据之功，非书不可，子贫士也，势不能购尽天下之书；偶有所得，必为辽东之豕④。纵有一甀之借⑤，所谓"贩鼠卖蛙，难以成家"者也⑥。昔林公语王中郎着腻颜帢、绤布单衣，挟《左传》逐郑康成车后，问是何物尘垢囊⑦。近日考据家光景，人人皆然。危乎子之用心也，虑其似此不远也。

---

① 考据：是研究历史、语言的一种方法。也称考证。清乾隆、嘉庆时期是考据学大盛的时代。　② 中心：心中。　③ 词章：诗文的总称。　④ 辽东之豕：汉代朱浮《为幽州牧与彭宠书》："往时辽东有豕，生子白头，异而献之。行之河东，见群豕皆白，怀惭而返。若以子之功论于朝廷，则为辽东豕也。"后以辽东豕喻少见多怪，自命不凡。　⑤ 一甀(xī)之借：古人借书，还书时送酒一瓶以为报酬。宋代邵伯温《邵氏闻见录》："古语：借书一甀，还酒一甀。"甀：盛酒器。　⑥ "所谓"句：用《易林》"贩鼠卖蛙，利少无谋，难以成家"语意，是说这类贩卖利益很小。　⑦ "昔林公"五句：《世说新语·轻诋》："王中郎（坦之）与林公（友遁）绝不相得。王谓林公诡辩；林公道王云：'著腻颜帢、绤布单衣，挟《左传》逐郑康成车后，问是何物尘垢囊。'"腻颜帢(qià)：肮脏的帽子。《晋书·五行志》："初，魏造白帢，横缝其前以别后，名之曰'颜帢'。帢，帽也。"绤(xì)：粗葛布。郑康成：郑玄，字康成，东汉高密人，著名经学家。尘垢囊：即臭皮囊，佛教用语，指

人的躯体。

翻译

近来海内考据学这门学问,像风起云涌一样兴起。您抛弃平日所学的诗文,转而从事于考据,是确实心中喜爱它呢,还是为风气所影响,动心于博雅的虚名,而匆匆忙忙地想成为考据家呢?

您的意思,以为自己的诗文就只能这样了,词章的学问,不过如此,无法再求深造,所以抛弃诗文而从事考据之学。不知道天下无难事,只怕有心人;天下也无易事,只怕粗心人。诗文创作并非容易的事,一个字的协调,一句话的工稳,往往使得才子文人,花尽了终生的气力,而始终放心不下,也只有造诣深的人才能知道其关键所在。您的诗文还未达到古人的境界,却半路上丢弃它,岂不可惜?何况考据的功夫,没有书籍不行,您是个贫穷书生,显然不可能买尽天下之书;偶然买到几种,也必然是毫不稀罕的普通书。即使能借来一点书读,也只能像俗话说的贩老鼠卖青蛙一样,难以赚大钱成大家。从前林支遁说王坦之戴着肮脏的帽子,穿着粗布单衣,夹着一部《左传》跟在郑康成的车后面跑,问这是哪里来的臭皮囊。近来考据家的光景,人人都是这模样。您的打算很危险,我担心您跟这样的人相差不远了。

中华文史名著精选精译精注(全民阅读版)
已出书目

书　名	导读人	审阅人
贾谊集	徐超、王洲明	安平秋
司马相如集	费振刚、仇仲谦	安平秋
张衡集	张在义、张玉春、韩格平	刘仁清
三曹集	殷义祥	刘仁清
诸葛亮集	袁钟仁	董治安
阮籍集	倪其心	刘仁清
嵇康集	武秀成	倪其心
陶渊明集	谢先俊、王勋敏	平慧善
谢灵运鲍照集	刘心明	周勋初
庾信集	许逸民	安平秋
陈子昂集	王岚	周勋初、倪其心
孟浩然集	邓安生、孙佩君	马樟根
王维集	邓安生等	倪其心
高适岑参集	谢楚发	黄永年
李白集	詹锳等	章培恒
杜甫集	倪其心、吴鸥	黄永年
元稹白居易集	吴大逵、马秀娟	宗福邦
刘禹锡集	梁守中	倪其心
韩愈集	黄永年	李国祥
柳宗元集	王松龄、杨立扬	周勋初
李贺集	冯浩菲、徐传武	刘仁清
杜牧集	吴鸥	黄永年

续表

书　名	导读人	审阅人
李商隐集	陈永正	倪其心
欧阳修集	林冠群、周济夫	曾枣庄
曾巩集	祝尚书	曾枣庄
王安石集	马秀娟	刘烈茂、宗福邦
二程集	郭齐	曾枣庄
苏轼集	曾枣庄、曾弢	章培恒
黄庭坚集	朱安群等	倪其心
李清照集	平慧善	马樟根
陆游集	张永鑫、刘桂秋	黄葵
范成大杨万里集	朱德才、杨燕	董治安
朱熹集	黄珅	曾枣庄
辛弃疾集	杨忠	刘烈茂
文天祥集	邓碧清	曾枣庄
元好问集	郑力民	宗福邦
关汉卿集	黄仕忠	刘烈茂
萨都剌集	龙德寿	曾枣庄
王阳明集	吴格	章培恒
徐渭集	傅杰	许嘉璐、刘仁清
李贽集	陈蔚松、顾志华	李国祥、曾枣庄
公安三袁集	任巧珍	董治安
吴伟业集	黄永年、马雪芹	安平秋
黄宗羲集	平慧善、卢敦基	马樟根
顾炎武集	李永祜、郭成韬	刘烈茂
王士禛集	王小舒、陈广澧	黄永年
方苞姚鼐集	杨荣祥	安平秋
袁枚集	李灵年、李泽平	倪其心
龚自珍集	朱邦蔚、关道雄	周勋初